中国政法大学70周年校庆
文化系列丛书

中国政法大学 70 周年校庆文化系列丛书
编 委 会

《诗情法意：法大诗歌集》

中国政法大学70周年校庆文化系列丛书

总主编：李秀云

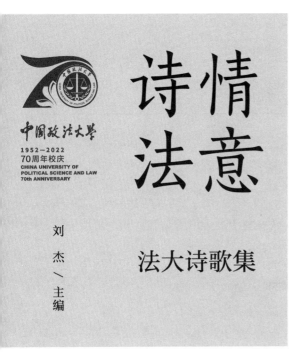

诗情
法意

法大诗歌集

刘
杰＼主编

中国政法大学出版社

2022·北京

声　明　　1. 版权所有，侵权必究。
　　　　　　2. 如有缺页、倒装问题，由出版社负责退换。

图书在版编目（ＣＩＰ）数据

诗情法意: 法大诗歌集/刘杰主编. —北京 : 中国政法大学出版社, 2022.5
ISBN 978-7-5764-0308-4

Ⅰ.①诗… Ⅱ.①刘… Ⅲ.①诗集－中国－当代
Ⅳ.①I227

中国版本图书馆CIP数据核字 (2022) 第020034号

　　　　　　诗情法意
书　名　　法大诗歌集
　　　　　　SHIQINGFAYI　FADASHIGEJI
出版者　　中国政法大学出版社
地　址　　北京市海淀区西土城路 25 号
邮　箱　　fadapress@163.com
网　址　　http://www.cuplpress.com (网络实名：中国政法大学出版社)
电　话　　010-58908466(第七编辑部) 010-58908334(邮购部)
承　印　　北京中科印刷有限公司
开　本　　650mm×960mm　1/16
印　张　　19.5
字　数　　280 千字
版　次　　2022 年 5 月第 1 版
印　次　　2022 年 5 月第 1 次印刷
定　价　　85.00 元

序
在法大，建设诗歌的花园

　　2015 年，一块雕刻着诗人海子广为传诵的《面朝大海，春暖花开》诗句的石雕在中国政法大学昌平校区竹园南侧设立。它静静地躺在校园一角的草坪上，在这个静谧的小花园里向世人讲述诗歌与玫瑰，太阳与永恒。作为校园景观的一部分，"海子石"彰显了海子（查海生）对于法大文化的重要意义。同时，它也告诉法大学子，诗歌作为法大文化的一部分，在今天仍然具有其独特的价值。

　　20 世纪 80 年代，当诗歌作为一种文化现象赢得全社会的关注时，当时的法大也不例外。在一大批诗人和文学刊物的影响下，法大校园里掀起了一阵诗歌阅读与写作的潮流。同学们在学院路 41 号（今西土城路 25 号）的小小校园里，争相传阅文学报刊、互相传抄代表性诗人作品、举办诗歌讲座，以诗歌来表达青春的困惑和社会的变迁。甚至，在一些热爱诗歌的同学的引领和推动下，逐渐开始尝试进行诗歌创作，用一行行诗句表达自我的觉醒，描摹万物生长、斗转星移。

　　在那个改革开放伟大进程刚刚开启、物质仍然相对贫乏的年代，全国各地的大学里，涌动着青年学子创造的激情和书写的欲望。于是，在奔涌的社会大潮中，中国政法大学第一个诗歌社团成立了，第一本诗歌刊物诞生了，第一本油印诗集问世了！

　　1984 年，时任《中国政法大学校讯》（今《中国政法大学校报》）副刊主编的吴霖（江南）编辑油印了法大历史上的第一本诗集——

《青铜浮雕·狂欢节·我》。随后，第二本油印诗集《草绿色的节日》也印刷面世。同一时期，同为校讯编辑、被同事和同学们亲切地称为"小查"的海子正沿着自己的诗歌道路狂飙，追寻着梵高、尼采、叶赛宁、荷尔德林的诗意世界，并构建着自己诗歌王国里的村庄、麦地、王位和太阳。

在青年教师吴霖和海子的推动和支持下，1984 年，以李青松、王彦、王淑敏、李燕丽、张国森、陈正宾为首的一群热爱诗歌的莘莘学子，受全国高校诗歌热的影响，正式成立了中国政法大学诗社，在中国高校诗坛上高举起属于法大的鲜艳旗帜。诗社成立后，在校内招募了一大批社员，聚集了法大校园里热爱诗歌的青年学子。随后，在众人的努力下，中国政法大学第一本诗歌刊物《星尘》也编印出版（油印）了。截止到 1988 年，《星尘》诗刊共计出版七期，不但在首都高校诗坛上占有重要的一席之地，而且还在全国高校诗坛上声名鹊起。

《星尘》出版后，在校内引起了巨大反响，在师生中快速传播，校内其他刊物也陆续开辟文学专号或版面，刊载诗歌作品。1984 年 11 月，由中国政法大学八三级团总支主办的《共青团员》文学专号《蓝天与宝剑》面世。在该期刊物上，海子、江南分别发表数首诗歌作品，当时的几位重要校园诗人如李青松也发表了自己的诗作。

作为当时全国高校中重要的诗歌阵地，法大师生的诗歌作品和诗歌刊物逐渐受到主要文学刊物的注意，张国森、王彦同学的作品陆续在《诗刊》《中国作家》上发表。

1987 年，随着昌平校区建设的推进，1987 级作为第一批拓荒者来到昌平。在北京城的远郊、军都山山脚的松园村附近，在校园尚未完全建好、交通十分不便、四周一片荒凉的昌平校区，1987 级的同学们在地理上的边缘和精神上的疏离之中，用力找寻和构建着自我与外部世界之间的平衡关系。在这样一种疏离、彷徨与找寻中，几位志同道合的诗友借由诗歌，构建起一个延续至今的诗歌社团——345诗社。其名称，正是来源于当时将昌平校区与北京城连接起来的唯一交通线：345路公交车。

与最初的中国政法大学诗社不一样的是，在20世纪80年代的诗歌热逐渐平息之后，345诗社作为一个团体被历届法大学子坚持了下来，在法大的校园文化中以其并不起眼但十分特别的存在，为校园文化的多元性保留了一道别样的风景。

20世纪90年代，随着1987级返回海淀校区并毕业离校，345诗社交棒到新一届法大学子手中。此后的岁月，学校办学重心转移到昌平，本科生也渐渐开始了"四年四度军都春"的生涯。一代代学子将青春年少、诗酒年华留在军都山下的山川草木、楼宇街巷之间，将拔剑四顾、豪气干云的雄心壮志书写在獬豸天平、应然实然之侧，将求知与探索、仰慕与失恋的昼夜更替记录在诗行与诗行之中。

进入新世纪，中国的发展变化迎来加速期，社会变迁仿佛今日之高铁，快得让人来不及惊叹便已倏忽而过。计算机迅速普及，互联网不断进化，快递、外卖、自媒体、短视频、直播……科学技术的进步让我们提升了效率，缩短了距离，便利了生活，丰富了娱乐，像一本翻得太快的书，我们只顾得上从汹涌而来的信息流中捕捉到似是而非的只言片语——诗歌在一定程度上陷入失语。

诚然，每一个时代都不乏醉心于诗歌写作试验的人，不同的时代也都蕴藏着产生伟大诗人的土壤。在即将迎来中国政法大学建校七十周年之际，我们尽力挖掘、收集整理法大历史上的优秀诗歌作品，力求展现法大校园文化的独特景观，从这些各个年代产生的诗歌中寻找并发现一些共性，以及共性中所致力于表达的法大精神和法大传统。

这本诗歌集，收集整理了自20世纪80年代以来法大师生的主要诗歌作品，以及江平、张晋藩、陈光中、高潮等先生的旧体诗词作品，最后一部分附上为七十周年校庆征集而来的部分作品。本书所收录的作品主要选编自《中国政法大学校报》《星尘》《蓝天与宝剑》等校内发行的刊物，《信是明年春自来——江平诗词选》《思悠集——张晋藩诗选》《那时我们无歌可唱——"345"诗社作品选（1988~2012）》《法大85：青春的记忆》等个人或集体诗文集，以及法大师生公开发表于《诗刊》等公开刊物或收录于各个年代诗歌选集中的作品。它所呈现的，是不同年代的法大人探寻诗歌语言的可能性，开拓汉语诗歌表达边界的个体试验，以及在法大建设诗歌花园的集体努力。在今天，我们愿意略尽绵力，将散落在各处的枝叶和花朵、大树和小苗归拢汇集，布置在这座花园的合适位置，以便所有的法大人及读者朋友一窥这小小花园的枝繁叶茂，花团锦簇。

因资料所限，许多早年的校园刊物难以寻找，一些代表性诗作无法再次与读者相见。此外，由于本诗集主要选取短诗和部分旧体诗词，为了让这本诗歌集更具代表性、让更多师生校友的作品入选，一般每位作者以2首为限，一些作品因篇幅和体裁所限也未能入选。

时也势也人也。时间匆促，编者愚钝，难免遗珠之憾，惟愿以此小书为引玉之砖，群贤不吝荐佚补遗，使这一册法大诗歌集更加完整全面地展现法大诗歌之风貌、法大文化之繁盛、法大精神之深邃。

编者
2022 年 4 月

目　录

第三部分　黎明的歌唱

第四部分　在昌平的孤独

第五部分　新世纪之歌

第六部分　军都的风　小月的河

第七部分　七秩辉煌　德法兼修

▲中国政法大学历史上第一本诗集《青铜浮雕·狂欢节·我》，1984年油印

▲中国政法大学八三级团总支主办的《共青团员》文学专号《蓝天与宝剑》，1984年11月

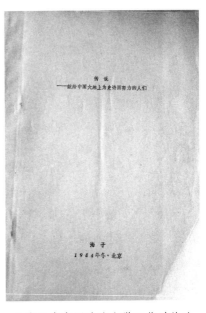

▲海子在中国政法大学工作时的油印诗集《传说》，1984年

第一部分

歌以咏志　德润四方

信是明年春自来，何须尔来报。

——江平《卜算子·案梅》

江平*

自　勉

一九六四年春

残肢逆遇何足悲，伤情失意安得摧。
血泪是非应长记，桃粉往事莫须追。
盖棺文字不由天，迷津归棹力能回。
愿将惭怍五尺躯，送与世炉万般锤。

贺我国原子弹试验成功

一九六四年十月卅日

大漠天地浑，直起蘑菇云。
龙腾掀四海，虎翼佐三军。
贫交竞弹冠，豪霸更失魂。
伟哉我中华，谁言不如人。

* 江平，1930 年生，浙江宁波人。著名法学家，中国政法大学终身教授，博士生导师。国务院批准的有突出贡献、享受政府津贴的专家。1951 年 8 月被政府选派为新中国首批留苏学生，赴莫斯科大学法律系学习，1956 年毕业后执教于北京政法学院。曾任中国政法大学校长。

本书江平先生诗作均选自《信是明年春自来——江平诗词选》，中国政法大学出版社 2005 年版。

读龚自珍咏史后仿作

一九六五年一月

气寒华夏十五州，沉沉云雪压暖流。
八旗子弟操全算，九门新贵踞上游。
罗成高枕铜雀梦，廉颇饭饱瓦全求。
英烈有灵当尔问，难道饮刃为封侯。

卜算子·案梅

一九六七年春

案上一束梅，弱骨犹带傲。未经风雪未经霜，能得几日俏。
已自不时宜，更惹群芳笑。信是明年春自来，何须尔来报。

纪念波儿出世

一九六九年六月

谁遣此儿下尘河，未落人间已颠坷。
抱婴床前沉百感，握笔案头发九歌。
犀无梳处方知老，欢未成时几经折。
江海行舟多险阻，愿汝长能耐风波。

登长城

一九七○年初

指点形胜话沧桑，评功论罪谈始皇。
定边不惜千堆骨，筑城何须万里长。
无垠沃土铁与血，不尽关山死和伤。
茫茫未见飞尘土，依依却闻啼孟姜。

四十感怀①

人生四十叹头颅，牛首鸡尾何相殊。
要知今日老村塞，悔不当初下荆吴。
域外空行万里路，灯下枉读千卷书。
老马无须心惆怅，伏枥终日是识途。

临江仙·悲歌

一九七四年三月

千语万言满胸臆，欲诉欲泣无从。长吁三声问天公，为何射日手，不许弯大弓。

翻云覆雨人间事，过耳过目无穷。谁主沉浮与枯荣？欲平心中愤，唯唱大江东。

---

① 作者注：一九四九年三月已整好戎装南下湖北，启程前一日，接到命令，留北京工作。数年后读陆游诗补作。

国　忧

一九七七年五月

坐失十年不自羞，徘徊又生长铗愁。
人材弃遗方当虑，士气衰靡更堪忧。
金瓯早应除隐患，病躯还须割赘瘤。
何时龙舟一帆正，长风直送海西头。

六十抒怀

庚午岁末

残肢逆遇未曾摧，乌纱抛却田园归。
宠辱应似花开落，忧国何分位尊卑。
世事沧桑心事定，胸中峰壑梦中飞。
长夜寒冬无声处，信有大地响惊雷。

张晋藩 *

北戴河杂咏七首（选三）①

其一

万顷洪波水接天，白帆点点打鱼船；

男儿当奋擒鲸志，慷慨高歌碣石篇。

其三

碣石观海意气豪，魏武东征挥宝刀；

创就三分天下业，至今人犹说曹操。

其七

云澍烟波浩淼间，海风入袖觉轻寒；

涛声谐韵诗犹健，且停吟咏待来年。

---

　　* 张晋藩，1930 年生，辽宁沈阳人。著名法学家，中国政法大学终身教授，博士生导师，
中国法律史学奠基人。曾任中国政法大学副校长、研究生院院长，1987 年被评为国家重点学
科法制史学带头人。1986 年应邀为中央书记处讲授法律课，1996 年、1998 年两次为全国人民
代表大会常务委员会授课。现任教育部人文社科重点研究基地——中国政法大学法律史学研
究院名誉院长。

　　本书张晋藩先生诗作均选自《法史人生》，法律出版社 2015 年版；《思悠集——张晋藩诗
选》，中国政法大学出版社 2005 年版。

　　① 此组诗写于 1981 年夏，张晋藩先生参与全国高校法学通用教材《中国法制史》编写
时在北戴河开会期间。共七首，本书选录其中三首。选自张晋藩：《法史人生》，法律出版社
2015 年版，第 146 页。

横滨码头怀古 ①

一九九二年访日时作

薄雾轻寒海接天，秦皇此地觅神仙。
娇童老去三山在，身处苍茫云水间。

谢师宴上偶成 ②

一九九四年夏于法大

席上春风起，桃李列樽前。
慷慨话远志，惆怅辞旧篇。
阶下新苔绿，屐痕犹宛然。
安得鲁阳戈 ③，岁月重回环 ④。

雪后赴海滨途中所见

一九九四年冬于美国

雪作松衫雾作纱，山重岭复路西斜。
难得冬风解人意，一夜催开万树花。

---

① 本诗作于 1992 年，张晋藩先生赴日本横滨大学讲学期间。选自张晋藩：《法史人生》，法律出版社 2015 年版，第 360 页；并据《思悠集——张晋藩诗选》，中国政法大学出版社 2005 年版，第 81 页。

② 本诗写于 1994 年某次谢师宴上。在《法史人生》中，张晋藩先生写道："每当新生入学，我都充满了欢喜。当他们学成告别而去时，心里不免戚戚然。"选自张晋藩：《法史人生》，法律出版社 2015 年版，第 89 页。

③ 据《思悠集——张晋藩诗选》作者自注：史载鲁阳苦战，挥西日，日返戈头。选自张晋藩：《思悠集——张晋藩诗选》，中国政法大学出版社 2005 年版，第 95 页。

④ 据《思悠集——张晋藩诗选》，"回环"为"迴还"。选自张晋藩：《思悠集——张晋藩诗选》，中国政法大学出版社 2005 年版，第 95 页。

朝发朝天门 ①

朝天门外舟欲行，絮语叮咛有余声。
云山远去别流水，穿袖轻寒是江风。

万县夜泊

巴山细雨润如烟，十月秋风过林峦。
江涛无奈潇潇夜，百尺阶下泊客船。

江户旧城 ②

二重桥下水依依，二重桥上人影稀。
三百年前德川梦，化作残垣夕照里。

济州岛揽胜 ③

其一

秋色淡抹枫林醉，碧空莹澈溪水寒。
但得师生情意在，天涯处处是乡关。

---

① 《朝发朝天门》《万县夜泊》等数首写于 1995 年 9 月张晋藩先生参加《中华大典·法律典》编写时在成都、重庆开会期间，总题"游三峡"。选自张晋藩：《法史人生》，法律出版社 2015 年版，第 200-203 页。并据《思悠集——张晋藩诗选》调整先后顺序。张晋藩：《思悠集——张晋藩诗选》，中国政法大学出版社 2005 年版，第 137-139 页。
② 本诗作于 1998 年岁末张晋藩先生第三次访问日本期间。选自张晋藩：《法史人生》，法律出版社 2015 年版，第 364 页。
③ 本诗作于 2005 年 10 月张晋藩先生访问韩国参加中韩法律交流期间。选自张晋藩：《法史人生》，法律出版社 2015 年版，第 370 页。

陈光中 *

八十寿辰祝贺会上作 ①

风雨阳光八十秋，未敢辜负少年头。
伏生九旬传经学，法治前行终生求。

　　* 陈光中，1930 年生，浙江永嘉人。著名法学家，中国政法大学终身教授，博士生导师，新中国刑事诉讼法学的重要奠基人。曾任中国政法大学校长、中国法学会副会长，现任教育部人文社会科学重点研究基地——中国政法大学诉讼法学研究院名誉院长。
　　① 本诗录自陈光中：《司法改革与刑事诉讼法修改——陈光中法学文选（第四卷）》，中国政法大学出版社 2019 年版，自序，标题为编者所加。

高　潮 *

水调歌头 ①

祝中国政法大学成立

喜讯满京兆，赤县展宏图。学人额手同贺，庠序新曲赋。卡尔诞辰佳节，法大建校良宵，举国尽欢娱。竞艳争芳馥，桃李遍地姝。

倡德育，研智能，明赏诛。广揽南北英秀，严师育高徒。人说少平强项，孝肃刚峰廉正，俱逝烟波路。瞻当今风韵，更待青衿抒。

---

* 高潮，中国政法大学教授。1952 年由华北大学调入北京政法学院工作，曾任民法、语文、体育教研室负责人，1984 年创建法律古籍整理研究所，任第一任所长。

① 平仄未限旧调。——作者自注。

本诗发表于《中国政法大学校讯》（今《中国政法大学校报》）第 1 期第四版，1983 年 6 月 7 日。

第二部分

法律边上的抒情

海湾

蓝色的手掌

睡满了沉船和岛屿

一对对桅杆

在风上相爱

或者分开

——海子《海上婚礼》

海 子 *

人 墙 ①

在华山二仙桥，100多名青年军人冒着生命危险，在崖边排成一道人墙，保护游人。

1

一边是深渊，一边是人群
铁链已经脱落
死神已经临近
临近

一个年轻的声音就在这时响起来
伸出我们的双臂
危崖边
顿时升起一片灿烂的红星星

---

   * 海子（1964—1989），原名查海生，出生于安徽省怀宁县高河镇查湾村，当代著名诗人。1979年考入北京大学法律系，1982年大学期间开始诗歌创作，1983年分配至中国政法大学，先后任职于校刊编辑部、哲学教研室。曾任中国政法大学诗社顾问，1983—1989年在中国政法大学工作期间，创作了大量优秀的诗歌作品。

   海子诗作数量巨大，本书编选时着重选取其在法大工作生活期间创作并发表于校内刊物或当时主要诗歌刊物上的代表性短诗及诗集中未曾收录的佚诗。

   ① 本诗发表于《中国政法大学校讯》（今《中国政法大学校报》）1984年3月15日；收录于熊继宁主编：《海子与法大》，中国政法大学出版社2015年版，第259页。

亮闪闪

群山呼应
呼应着
伸出我们的双臂

2

中国激动了

3

今天，我不是无端地
想起了蜿蜒的万里长城。而你
是草绿色的
是年轻的
二十岁的人墙
打动了许许多多二十岁的心

今天，你们的一位同龄人
不是无端地流出了
热泪
不是无端地想起了"五四"的人流和巴黎公社墙
一面信仰的墙
支撑在中国的一座名山上
成为脊梁

海上婚礼 ①

海湾
蓝色的手掌
睡满了沉船和岛屿
一对对桅杆
在风上相爱
或者分开

风吹起你的
头发
一张褐色的小网
撒满了我的面颊
我一生也不想挣脱

或者如传说那样
我们就是最早的
两个人
住在遥远的阿拉伯山崖后面
苹果园里
蛇和阳光同时落入美丽的小河
你来了
一只绿色的月亮
掉进我年轻的船舱

---

① 本诗收录于吴霖主编：《青铜浮雕·狂欢节·我》。该诗集油印于 1984 年 6 月，系有记录以来法大编辑印刷的第一部诗集，作者除雷抒雁和顾城以外，均为法大师生。据吴霖："法大诗集中的海子"，载《中国政法大学校报》2019 年 3 月 26 日第四版。

女孩子 ①

她走来

断断续续走来

洁净的脚

沾满清凉的露水

她有些忧郁

望望用泥草筑起的房屋

望望父亲

她用双手分开黑发

一支野桃花斜插着默默无语

另一支送给了谁

却从来没人问起

春天是风

秋天是月亮

在我感觉到时

她已去了另一个地方

那里雨后的篱笆像一条蓝色的

小溪

面对河流 ②

在大河边，城市像一颗灰眼珠

瞅着原野

发愣

钥匙在孩子们的脖子上

开着一串串带齿的花儿

在大河边

最受人崇拜的是笨重的水管

孩子们说：水

水，给我水

金属的灰眼珠

被水沾住

一枝无花果

像人影一样

轻轻叩着

河流的门

开门的会是谁呢？

---

① 本诗收录于吴霖主编：《青铜浮雕·狂欢节·我》。据吴霖："法大诗集中的海子"，载《中国政法大学校报》2019 年 3 月 26 日第四版。

② 本诗发表于中国政法大学诗社刊物《星尘》创刊号，油印于 1984 年 11 月。据姜红伟："为海子起另外三个笔名的人"，载《诗潮》2019 年第 3 期，第 110–123 页。

下雨了 ①

条条墨绿色的影子
坐在中心广场上
早些时候
在美国
有一个戴草帽的大胡子
叫惠特曼
经常在雨中穿过广场
来到大河边
他是一株活着的橡树，结实，响亮
对着月亮和自己的血管
深深的呼吸

我是一株什么树呢
河上刮来的风
弄得我脸上到处都是灯火
手持兰花的屈原
和我站在一起
他跌进河里
我活了下来
生和死同样不容易
一想起对岸
我就变得沉默

苹果的歌 ②

在立交桥上
一个男人
拎着苹果
遇见另一个拎着苹果的男人
他们寒暄了一会儿
他们并没有听见
两兜苹果

见面后
正在合唱一支歌
那些种籽和种树人
在她们身体里常唱的
忧伤的歌
他们分手了
苹果的歌还没有唱完

---

① 本诗发表于中国政法大学诗社刊物《星尘》创刊号，油印于 1984 年 11 月。据姜红伟："为海子起另外三个笔名的人"，载《诗潮》2019 年第 3 期，第 110-123 页。
② 本诗发表于中国政法大学诗社刊物《星尘》创刊号，油印于 1984 年 11 月。据姜红伟："为海子起另外三个笔名的人"，载《诗潮》2019 年第 3 期，第 110-123 页。

雕　塑 ①

孩子……孩子
一群孩子爬上粗糙的石头
等待中的姐妹
躯干
连同湖泊上双生的白马
风
甚至忧伤
都弯弯曲曲的占领地面
靠眼睛铺平道路

靠腿站立
或者顺着伸出的手臂
和天空一起
体会突然的断裂
淡淡笑一笑……
说着
说着
除了他们，没有人坐得那么久
把土地坐热

你根本就没有见过大红马 ②

太阳打在脸上
山峦像一片薄薄的金属
闪亮，那么短暂
岁月默默地射下几颗星
你根本就没有见过大红马
野萝卜花开了
一粒青色的小虫在自然界边缘消失
燕子挑选洁净的尘土

挑选新娘
你根本就没有见过大红马
礁石后许多黝黑的海兽生息
夜晚，小甲鱼把四条腿支起
在沙地上
忧伤地瞭望
你根本就没见过大红马

---

① 本诗发表于中国政法大学八三级团总支主办的《共青团员》文学专号《蓝天与宝剑》（1984 年 11 月），笔名阿米子。据姜红伟："为海子起另外三个笔名的人"，载《诗潮》2019 年第 3 期，第 110-123 页。
② 本诗发表于中国政法大学八三级团总支主办的《共青团员》文学专号《蓝天与宝剑》（1984 年 11 月），笔名阿米子。据姜红伟："为海子起另外三个笔名的人"，载《诗潮》2019 年第 3 期，第 110-123 页。

沙漠上 ①

原野上有一排牛皮鼓

听着

用牙齿听着

死去的父亲用沾沙的牙齿听着

饮水的声音

走过所有的额头和喉咙

对着月亮

骆驼流泪了

人，笔直地倒下去

还有影子

原野上有一排牛皮鼓

用牙齿咬住土地

咬住土地

你就是一棵树，一棵树

不会烂在这里

---

① 本诗发表于中国政法大学八三级团总支主办的《共青团员》文学专号《蓝天与宝剑》（1984 年 11 月），笔名阿米子。据姜红伟："为海子起另外三个笔名的人"，载《诗潮》2019年第 3 期，第 110-123 页。

吴　霖 [*]

在远方 ^①

在远方
花一朵一朵随意地开放
但总很有目的
道路被书写成狂草
但总很是自信
总有一些小船
收获螺号呼唤的回声
总有一些回声
播种了又诞生

---

* 吴霖（江南），1961 年生于上海，毕业于华东政法大学法律系，高级记者，诗人。1983年分配至中国政法大学，任校刊编辑，后担任校刊主编。曾担任中国政法大学诗社名誉社长，法大校园诗歌活动的重要推手。20 世纪 80 年代中期，曾主编中国政法大学历史上最早的两本诗集《青铜浮雕·狂欢节·我》和《草绿色的节日》。

　　因吴霖诗作较多，且有专门诗集出版，本书编选时仅选取在当时的校内外刊物发表过的、与法大有较为直接意象关联的作品。因篇幅所限，许多佳作未能入选，特此说明。

　① 据法大 1983 级校友李青松回忆，本诗曾发表于中国政法大学八三级团总支主办的《共青团员》文学专号《蓝天与宝剑》（1984 年 11 月）上，笔名陈默。据资料图片，该期发表署名为"陈默"的应有三首，总题为"在远方"，另二首不详。李青松："怎样握住一颗眼泪"，载《北京文学》2018 年第 10 期。本诗录自吴霖：《悬崖上的风（1983—1990 诗选）》，文汇出版社 2016 年版，第 123-124 页。

走向远方
背囊和使命和寂寞都是沉甸甸的
但目光总是有力
于是
英雄花在风中纷纷笑了
和我们一起行进
在南方山脉
总有自由的爱情
在多雨的季节里
生长并成熟
在长满民歌的土地
总有古老的友谊
在干渴的小径和旅人蕉一起默默开放
联合我一起南下的
北方星群呵
在这涂满桂香的蓝夜
也都变成了温郁的眼睛

哦，远方
女人总是多情
男人总是刚强
故事总有结局
总是圆满而美好

1984. 3. 13

南方少年 ①

夭夭灼灼的榴花
是你嘴唇
一抹远山
是你淡淡眉
牙檐上的铜铃
是你嗓音
船是你鞋子新柳是发
青梗亭亭
在你纤巧的指尖
开满一群红莲白莲
你呀你
你是南方最神奇的梦想

你的眸子
是星星是湖泊是沉思的灯火
是洞箫两只乌亮的音孔
在子夜在驿站在长亭复短亭
静静流淌着高山流水

1984. 12. 19

---

① 本诗录自吴霖:《悬崖上的风（1983—1990 诗选）》，文汇出版社 2016 年版，第 15–16 页。

在北京的一个郊县昌平，想起我的出生地上海 [①]

白菊花一枝一枝的　　　　京味儿是十分陌生而嘹亮的浓呵
从澄澈的秋意中
散散地涉过　　　　　　　承露仙人等铜盘子
护城河　　　　　　　　　空空荡荡
在无言的日子里　　　　　从远道而来的故乡云
冰岸下的红鱼　　　　　　至此形影无踪
非常　　　　　　　　　　即使来了，又肯不肯
非常木然的清癯　　　　　落一次南方的梅雨呢
岸上　　　　　　　　　　使一只
已经坐着的　　　　　　　孤独的
是同样清癯的　　　　　　木马
春天　　　　　　　　　　奔跑

金琉璃瓦和蓝琉璃瓦的　　菊花过客
釉彩　　　　　　　　　　来去
画就了一张不动声色的　　那么的匆匆呵
戏剧脸谱　　　　　　　　　　　　　1987. 3. 10

---

① 本诗录自吴霖：《悬崖上的风（1983—1990 诗选）》，文汇出版社 2016 年版，第 103-104 页。

鱼 [①]

一只远方的黑麦子
在河边濯足
很想
渡过陌生的河流

不幸失足
河水晴朗而平静
遂有一尾黑鱼
在水草动荡的扶摇中
将鳞片擦得闪亮
高贵而沉默

在一个秋天
像一片枫叶突然有一天
顿悟所有的一切
红了
在孤独而冰凉的诗意中
游去

岸上
是野麦岭暗淡的面孔

1987. 12. 23

[①] 本诗录自吴霖:《悬崖上的风（1983—1990 诗选）》,文汇出版社 2016 年版,第 179 页。

李 平

耕耘者 ①

——献给教师节

我们风尘仆仆
从地平线波浪而来
遥远的黎明和视线一起升起
宁静地延伸
黄土地渴望了许多年了
丰沃的掌心
种子如雨
铧犁在我们肩上
沉重而又神圣

我们是耕耘者

岁月像一条小河
轻轻流去
有过春雨滋润青苗
有过夏日连续十年的灼烤
现在，该是收获的季节了
我们静静坐在田野上
倾听庄稼拔节的旋律
呵，借一弯明月
我们开镰
太阳
给我们和丰收的喜悦
一个特写

我们是耕耘者

---

① 本诗发表于《中国政法大学校讯》（今《中国政法大学校报》）第 24 期第四版（《芳草地》文艺副刊第 11 期），1985 年 9 月 10 日出版。

龙卫球 *

女神的家园 ①

全世界在哭着，为一个童话

山林女神，你的松林
你的绵绵密密的松林
在松树精灵的摇曳的眼皮下
在幼鹿乳性的耸角
在你美的胸前
  你的铃音
和蚂蚁的呼吸一样，扣人心弦
  请
一群陌生又漂亮的小孩
轻轻走近
你光艳而姣白的手指
拾起。风、叶

---

　* 龙卫球，中国政法大学 1991 级硕士研究生，1994 级博士研究生，笔名龙梁、文虹、老田。曾任教于中国政法大学，现为北京航空航天大学法学院院长、教授、博士生导师。
　　以"龙梁"为笔名发表于《中国政法大学校刊》（今《中国政法大学校报》）的诗歌有 6首，以"龙卫球"署名发表的诗歌有 1 首。篇幅所限，本书仅选取其中 2 首。
　　① 本诗发表于《中国政法大学校刊》（今《中国政法大学校报》）第 193 期第三版"诗歌专版"，1994 年 3 月 30 日出版。

青酥的草尖。吞吐
细心细气的生长
一次又一次洗涤
少女一样的肌肤、香气四溢的纯真

从鸟雀的喧嚣之顶
悄如一探微暗的心光
忧郁的山林之夜
和你祖父的脸一样
埋进黑漆漆的小木屋
——女神呵
在蘑菇的谜里
在风雷初动的一瞬间
　有你渐近的婚期

寻找五四 ①

我来这石碑下，寻找清白的最好线索
因为它，五四的节日，土地上曾盛开了生命
我站在光阴的交界线，这碑
却似广阔的世界，理想的世界
我喜悦，又悲痛，且在静穆中寻索
群众、友谊、和平、鲜血和热情的生活
我愿意直入碑中，在那里重新解释生命
对天空付出欢乐
仿佛一次遨游

---

① 本诗发表于《中国政法大学校刊》（今《中国政法大学校报》）第 196 期第三版，1994 年 4 月 30 日出版，署名"龙梁"。

敞开明亮而慵慵的时光
在它的脚下，堆放着燃烧的火焰和诗篇

我和这碑相近，不是见证时光
而是为了正午的光华
它们在明净中给予我丰富的想象
以及黑素，它们在阴暗中给我怆浪
我曾看见记忆流泪，白蝶不过秋初
我曾见一种瞬间光明，避开流时和地域
我曾见快乐的提示
试图隐蔽在最低的房屋，私纳祝福
我曾见干净的语言世界
窃取了橡树下的礼物

满是善良人的祈告啊，而我伤心
那一天，漫长岁月的一瞬、初夏的一瞬
尽管人们歌颂感知的幸福
却陷入幽暗的长夜
白旗上公开滋生死亡的信息
没有人追逐它，而是它暗恨人
当人语像被征讨的自由之神理想之光
它恼怒，在简洁的措手森林
夸张它的王国，自然是国王、宝杖和穷人的短裤

而我也为平静的语言泪哀，在不止一次的浓雾中
我透过房门，看它无情无义地和人类交往
我爱过它，仅仅因为自由和真理的心
我想过它，仅仅因为生活中的甜蜜
还闻到冷碎花的芳香

五四的英雄啊，你们看到过的贪婪
看到过的厌倦和凄凉
五四的英雄啊，你们深爱、激荡、崇拜、流血
一路上还唱着童谣
倾刻间，光辉占据了全部，真理的照明
俯视我们，凌越的骄傲愈升愈高

阳光草地，轻声细语
林中小径，光阴幻迷
这是什么时代，又是什么时光
我知道，我又不知道
当我在这碑下，只决意要呼唤
祖国的名字
更知道自己的卑微和凡俗
当我在这方土地移游，便生出力量
让她在平凡的时代歌颂一群人的名字
"五四人"、"五四人"、"五四人"

高家伟[*]

烛 光 [①]

我的心里布满了幸福的烛光
你是其中的一支
请不要用世俗的口气吹灭她们
你吹灭了一支
还有一支
如果你一定要用狭隘的狂风
将她们统统扑灭
我的心里就只剩下一片黑暗的死寂

我的心里布满了幸福的烛光
你是其中的一支
你应当呵护她们
因为她们围绕着你
你应当欣赏她们
因为她们簇拥着你

如果一定要用嫉妒的狂风
将她们统统扑灭
我的心里就会布满黑暗的死角

我的心里布满了幸福的烛光
你是其中的一支
你们共同照亮了我
使我的理想国里处处金碧辉煌
你应当尊重她们
因为她们为你增光
你应当平等对待她们
因为她们为你添彩
如果你一定要用偏见的狂风
将她们统统扑灭
我的心里就会变成无垠的死海

---

[*] 高家伟，中国政法大学诉讼法学研究院教授、博士生导师。

[①] 本诗发表于《中国政法大学校报》2007 年 5 月 22 日第四版。

第三部分

黎明的歌唱

冬天，在北方，

白雪茫茫，素裹银装。

雪地上，孩子们追逐着美丽童话，

粟色箩筐罩住了多少鸟雀；

三道眉、红肚皮……

开始长高的雪人，

在雪中向没有道路的地方瞭望，

而熊瞎子已在树洞中抱着松果的梦冬眠……

——李青松《冬天，在北方》

栾少湖 *

大学生的歌和礼 ①

——祝贺中国共产党成立六十周年

歌

党啊！你流过多少鲜血，
共和国的旗帜知道；
你走过多少坎坷的路程，
共和国的历史知道；
你为什么苦苦创造，
共产主义大厦知道；
你贡献了什么？
人民知道。

礼

工人献上了奔腾的钢水，
农民献上了金黄的麦穗，
士兵保卫着祖国的边疆，
献上了无限的忠诚。
我遵循您的教导，
在德智体诸方面锻炼自己，
举着又红又专的大旗，
献上准备为共产主义奋斗一生的
决心。

---

* 栾少湖，中国政法大学 1979 级，德衡律师集团创始合伙人、主席。

① 本诗发表于《政法院讯》（今《中国政法大学校报》）复刊第 3 期第四版，1981 年 7
月 10 日出版。

李秀华 *

无　题 ①

不曾历经风雨
心，安恬地停泊
在一片湛蓝的海湾
我希望每只迷路的小舟
从这里轻快驶过
靠近那被波涛洗净的海崖

于是我看见笨拙
善良的水手
用粗大布满皱纹的手指
扬起雪浪花

用深沉的渔歌号子
去粉碎
岩石般坚硬的苦难
从我飘着黑发的头顶
掠过尖叫的海鸥
呵，海浪汹涌，海浪汹涌
让我砍断命运的绳索

太阳风高高升起
我要让心的船帆
划向充满风暴的远方

　　* 李秀华，中国政法大学 1980 级。
　　① 本诗发表于《中国政法大学校讯》（今《中国政法大学校报》）第 12 期第四版
（《芳草地》文艺副刊第 5 期），1984 年 9 月 1 日出版。

思 ①

思念的贝壳　　　　　　　它不像嶙峋的礁石
不再是孩子手中　　　　　仁立有自己的尊严
垒起幻想中的宝塔　　　　它不像飓风
藏起一个从海中　　　　　流浪有自己的归宿
涌起的秘密

　　　　　　　　　　　　我把它拾起
不再是姑娘古老的痴情　　揉去凝固的
让红色的衣裙　　　　　　泥沙的斑痕
拂去滴在上面的　　　　　然后小心地
带血的歌声　　　　　　　装进小小的心

---

① 本诗发表于《中国政法大学校讯》（今《中国政法大学校报》）第 17 期第四版
（《芳草地》文艺副刊第 8 期），1985 年 1 月 28 日出版。

李燕丽[*]

四月的花环 ①

写在清明节里的纪念碑前

我们编织的四月
用青春、鲜花和慰藉
把怀念
安放在纪念碑前
请你们收下
四月的花环

四月的广场
严冬已把旗杆下的你们
锻打成为青年
我们——
读过雄浑史诗后不再迷惘的眼睛——
今天，要在这里宣读誓言

我们的声言是深沉的

* 李燕丽，中国政法大学 1981 级。

① 本诗发表于《中国政法大学校讯》（今《中国政法大学校报》）第 23 期第四版
（《芳草地》文艺副刊第 10 期），1985 年 6 月 29 日出版。

带着四月早熟的沉淀
我们的声言是稳健的
带着四月拓荒的信念
对着你们
我们要说多少次我们说过的
我们不会辜负了四月
　　不会辜负了你们和你们血染的誓言

　　让我们凝视浮雕
　　凝视民族的蒙昧与觉醒
用四月的尺子准确丈量
你们走过的和我们走过的
——每一段路
然后，我们将格外珍惜
土地，爱情和时间
然后，我们将格外珍惜
四月里的春天

　　我们不是岁月的奴隶
我们不会为重负而过早的驼背
我们一直在想
像你们一样大胆设计中国
我们一直在思索
改革和新技术革命
也许，多少个四月
我们这一代们不能完成使命
那么，我们会在倒下前
把火种
亲手交给四月里出生的后代

我们的孩子
也会在四月里走向纪念碑
请你们收下
四月的花环

我远足去 ①

风筝节放出一只太阳帽
从此天空多了一颗星星
皮肤渐次趋向黝黑的流行
阳光味儿的乌发瓦解了怯懦的阵营
在暑假的脊背上
——和太阳一同出发
我远足去

灰鸽子在第一个路口等我
翅膀下红丝带系住爱情
落羽之地便是我第一次幽会的密谷
山林的儿子在放羊的坡上等我
童话和童话书都是山林的曾祖父
明天长大的牧童让童话顺柳叶淌出

我把海螺和心埋进热土
化石了的早晨
心会长成一棵树
耳朵贴紧宝石蓝地图
会听见我的步幅
也许我会在摇晃的夜里失落
再没从太阳宫走向成熟
那么太阳的种子将由金变绿
为第二个远足者铺路

我远足去——

---

① 本诗发表于《中国政法大学校讯》（今《中国政法大学校报》）第 26 期第四版（《芳草地》文艺副刊第 13 期），1985 年 10 月 31 日出版。

赵　春

咏　雪[①]

——观十八日大雪有感

在我们心灵的世界里，
也下一场大雪吧！
使幻想的浮尘和飞雪一起，
扑向大地的怀抱中，
融进大地的血液里。
去滋润理想的种子，
去哺育知识[②]的花蕾。

在我们心灵的世界里，
也下一场大雪吧！
埋葬失败的痛苦、成功的狂喜，
让我们在洁白的雪地上，
踏出一条新的路……

---

① 本诗发表于《政法院讯》（今《中国政法大学校报》）复刊第 7 期第四版，1982 年 3 月
10 日出版。

② 原文为"识知"，疑为排印错误，酌改为"知识"。——编者注。

林　夫

我的校园 ①

——献给政法大学

碇泊着尚未启航的小船，
但它不是普通的港湾。
我们，都是年轻的水手，
海风吹满雪白的悬帆。

既没有人们梦想的
处处充满天使的罗曼；
也没有人们想象的
日日品尝清粥的寡淡。

这里有的是：
忘我的拼搏，青春的火焰。
这里有的是：
知识的海洋，待发的航船。

四年，我们磨砺正义的宝剑，
庄严地加入法官的行列。
在太阳般国徽的照耀下，
将所有的罪孽宣判。

---

① 本诗发表于《中国政法大学校讯》（今《中国政法大学校报》）第 5 期第四版，1983
年 12 月 1 日出版。

王 彦 *

每天她匆匆走来 ①

每天，她匆匆走着，
从宿舍走向食堂——
从蜂窝走向蜂窝
走向静谧的图书馆大楼
也像大力士般
她稳稳地垒起
一堵砖墙，挡住了
煦风、丽日、谜乱的星空
甚至一个开放的周末

从古罗马时代走来
从卢梭深邃的思想中走来
从夏商隋唐元明清走来
——从法的海洋中走来
她，一直走向
法庭上庄严的国徽

走向
正义的判决
假日　她走向大街
走向法律咨询台
走进一双迷惘的眼睛
她用一双执拗的脚印
书写着
关汉卿和包公的誓言

夕阳中　她翼翼地
把一颗甜蜜的心
折叠起来
走向深绿色的邮筒
走进遥远
走进审判庭上
那位年轻的审判长的心

＊　王彦，中国政法大学 1982 级。
①　本诗发表于《诗刊》1985 年第 7 期第 39 页，及中国政法大学诗社刊物《星尘》。

男大学生雕像 ①

清晨　我们呼唤太阳
沿着 250 米的圆形跑道
我们飞快地奔跑
发达的肌块
衬起高昂的脖颈
擦过女生们的身前
终于　露出红红的脸膛
太阳　同我们并肩
走进绿色的树林
和着小鸟清脆的啼唱
我们把外文字母高声朗读

中国　请为我们雕塑

电视屏幕前
女排抓起我们的心
抛起　在空中
心　不住地颤抖
但是它会落地的　正如
我们坚信　华山的故事

只是大学生进行曲的
一个前奏
还有更辉煌的乐章

中国　请为我们雕塑

我们不是骄子
别在胸前的白色校徽
并不只是我们的荣耀
法律咨询台上　留下的
几颗混浊的眼泪
像沉重的铅块
压迫着我们

我们能不重新掂掇
这枚校徽的分量
让阅览室的灯光
和天空的星星
为我们作证

中国　请为我们雕塑

───────────

①　本诗发表于《中国政法大学校讯》（今《中国政法大学校报》）第 17 期第四版（《芳草地》文艺副刊第 8 期），1985 年 1 月 28 日出版；收录于诗集《青铜浮雕·狂欢节·我》。

张国森[*]

柳 笛[①]

好久没回故乡了
故乡和我一样没有音息
洋伞下淋着都市的小雨
想起了遗失在故乡的柳笛

笛声中失去了多少伙伴
柳林中的黄昏也满是风雨
没漂没门前的石舫吧
它盛满我童年说不完的甜蜜

都市小雨可以淋湿我的衣
永远不会发潮的是我的记忆
几时我重回故里，小雨中
重新吹响那喑哑的柳笛

---

* 张国森，中国政法大学法律系1983级。中国政法大学法大诗社创始人之一，《星尘》诗刊的重要编辑者，20世纪80年代政法诗坛活跃人物。在校学习期间在《诗刊》《中国作家》发表多首诗作。现为职业律师。

① 本诗发表于中国政法大学诗社刊物《星尘》创刊号，油印于1984年11月；《中国政法大学校讯》（今《中国政法大学校报》）第17期第四版（《芳草地》文艺副刊第8期），1985年1月28日出版。

走向远山（之二）①

不要珍惜得太多
那是绳索
　　　——作者自题

我知道……
我知道一切真正的爱情都不会死亡
我知道一切的真理都不会被永远流放
我知道疾风扫过天空也会留下丝缕的残云
我也知道英雄的骨架定然是淬过火加过钢

我知道秋天送来果实也带来朽败
我知道追求会得到爱情也会得到迷惘
我知道三月的飞花可以飞落在每一条小巷
我也知道只有木棉才会永远立于橡树的身旁

我知道生活的内函②不只是诗歌，也有油盐菜酱
我知道参天的松林绝对不会全部是栋梁
我知道藤萝只能依树生长，那棵高就奔向那方
我也知道泰山压不弯的也只有瘀棵

---

① 本诗发表于中国政法大学诗社刊物《星尘》第三期，油印于 1985 年 5 月，署名"公朴"。
② 原文如此，今一般作"内涵"。——编者注。

我知道春天的花朵不会因寂寥而凋落

我知道青春碧绿但不会发出芬芳

我知道举止风雅的"骑士"绝不是伟岸的男子

我也知道田野中曾多少次崛起过帝王

我知道我知道的一切并非都是真理

我知道伟大的胸怀能够容纳下山岳和海洋

我知道我们祝福的未必都能幸福

但我还是希望夺走我之爱的是一个真正的儿郎

李青松[*]

冬天，在北方^①

冬天，在北方，
白雪茫茫，素裹银装。
雪地上，孩子们追逐着美丽童话，
粟色箩筐罩住了多少鸟雀；
三道眉、红肚皮……
开始长高的雪人，
在雪中向没有道路的地方瞭望，
而熊瞎子已在树洞中抱着松果的梦冬眠……
雪，静静的下。
净化了北方的空气，
看不到尘土的飞扬。
"驾——"
马拉着爬犁，铃儿乱响，
在雪地上奔跑如飞。
哦，勇敢的鄂伦春族猎人，
开始出发，到林海雪原……
冬天，在祖国的北方……

83.12

---

* 李青松，中国政法大学 1983 级，报告文学作家。1963 年生于辽宁彰武，现任职于国家林业和草原局。

① 本诗发表于《中国政法大学校讯》（今《中国政法大学校报》）第 6 期第四版（《芳草地》文艺副刊第 2 期），1983 年 12 月 26 日出版。

老教授的书屋 ①

野草书屋野草书屋
有一个九平方米的书屋就是幸福
野草原是生命力的象征
从书上向笔端源源流注
斯是陋室，惟吾德馨
不亦乐乎

野草书屋野草书屋
星期天的概念从词典上勾除
窗前的鸽子常有意见
甚至公开叽叽咕咕
对那些像风一样川流不息的学生
对那些为了约稿不折不挠的
编辑部

野草书屋野草书屋
老藤椅和主人一样朴素
尺长折扇却风流倜傥
用力一摇再一摇

美丽的古诗句便蜻蜓一样飞出书屋
飞出月下墨菊淡淡的芳馥

野草书屋野草书屋
书籍书柜书橱都吃得饱饱
简装书轻巧，线装书古朴
一起叠向屋顶
于是这里也有了青藏高原
有了神秘的罗布泊
书架上
精装书像仪仗队潇洒的站得笔挺
随时等待检阅命令的发布

野草书屋野草书屋
木格子窗向晴朗敞开
木格子门向远方敞开
阳光和荣耀在一个节日同时走进
用满世界的清新草色
向主人致以最真诚的祝福

---

① 本诗发表于《中国政法大学校讯》(今《中国政法大学校报》) 第 24 期第四版（《芳草地》文艺副刊第 11 期），1985 年 9 月 10 日出版。

苟红艳 [*]

别 ①

分别的小站
给你我之间
那个长长的句子
打上
一个逗点
我们各自关紧房门
让前半个句子
写在心上
并在灯下
铺开洁白的思念
等待

相逢的时候
把后半个句子
写上

＊ 苟红艳，中国政法大学 1983 级。

① 本诗发表于《中国政法大学校讯》（今《中国政法大学校报》）第 17 期第四版
（《芳草地》文艺副刊第 8 期），1985 年 1 月 28 日出版。

庞琼珍 *

带着我，父亲 ①

带着我，父亲
铺一条路，从脚下到远方
越过沼泽，劈开芦苇荡
沥青里浇铸血与泪光
带着我，父亲
上入云的井架，手握刹把
倾听掠耳的风响，不惊惶
学钻机，深探几千米，立足
滚烫的岩浆

住进"干打垒"，盖张老羊皮在身上
满身的红水痘，又疼又痒

父亲，带我上路
梦里追着达子香

＊ 庞琼珍，中国政法大学经济法系国际经济法专业 1983 级。当代诗人，天津作家协会会员，现为公务员。在《诗刊》《青海湖》等诗歌刊物发表多首诗歌，出版诗集《时间停在里面》。
① 本诗发表于中国政法大学诗社刊物《星尘》第二期，油印于 1985 年。

百　合 ①

一

被突降的暴雪深埋
我担心它冻伤

雪停了
它水淋淋地钻出来

开花的热望
将雪烤干

二

一夜风雨
摇摇晃晃中
院子里的百合开了
纤细的花茎
顶着硕大的花朵
六根雄蕊
簇拥着一根雌蕊
在这雨后的早晨突然爆开
哦 多么美好响亮
我听见 30 年前生儿子
开骨缝的声音

---

① 本诗收录于《新世纪诗典·10》。

王淑敏

告别了，大海[①]

是的，我要走了
不再是彷徨海湾的渔火
而是一只回归的海鸟
穿过灰云，穿过宝岛[②]
为了让灼热的血
在每一寸贫瘠的土地撒播
让漫天遍野的秋实
更加妖娆
让辉煌的太阳，在清早
和一面神圣的旗帜一起升起
召唤每一个忠诚的儿女
投向祖国宽阔的怀抱

哦，海鸟
奔波的灵魂

不会因风雨衰老
真正的人生
落潮，还会涨潮
当我最终倒下了
你将在我半旧的吉他弦上
发现一个青春的微笑
你会看到
古老的土地变得年轻
有春天
就有烧不尽的芳草
你一定也能听到
儿女们出征的脚步
和天安门盛开的礼炮！

---

① 本诗发表于《中国政法大学校讯》（今《中国政法大学校报》）第 6 期第四版（《芳草地》文艺副刊第 2 期），1983 年 12 月 26 日出版。

② 原文为"过穿宝岛"，应为排印错误，根据语义改为"穿过"。——编者注。

江 林

五 月 ①

五月 以明朗的鸽哨
为太阳导航的季节

我要和蒲公英
一起飘到原野上去
请土地和森林全部公开
他们做得太久的梦
我要和阳光
共同编织我的校园歌曲
它年轻而又漂亮
它的黎明　总是
用琅琅悦耳的书声

为一天的生活报幕
让它的每一个年轻人
都比别的季节
起得更早 五月
使他们懂得
这个季节
必须珍惜和奋斗

五月　为太阳导航的季节
请签发吧——
给我和我的年轻的伙伴
以通往成熟之秋的通行证

---

① 本诗发表于《中国政法大学校讯》（今《中国政法大学校报》）第 9 期第四版（《芳草地》文艺副刊第 4 期），1984 年 4 月 26 日出版。

李金声[*]

我的歌 ^①

由于历史的晚点
我们这些不同车次的旅客
竟同一个时刻驶入这一站——
一个二百平方米的大教室

昨天　多么不堪回首
青春这张洁白的纸
被涂抹　然后撕碎
制成了祭神的大钱
当我们顿足猛醒
中年的皱纹已爬满青春的容颜

因此　今天才不得不
和女儿一同背起书包

将儿子托给保育院
执著地握着笔
和祖国一起加班加点

多么艰难呵
不复存在的青春精力
使我们无法有让人满意的成绩单
而且　给大脑和手以坚持
还需不时地吞进药片

但是　我们不应该叹也不应该怨
因为太阳毕竟升起来了
升起来的太阳照亮了我们的校园

＊ 李金声，中国政法大学进修学院。
① 本诗发表于《中国政法大学校讯》（今《中国政法大学校报》）第 15 期第四版
（《芳草地》文艺副刊第 6 期），1984 年 11 月 24 日出版。

张　越

节　日①

我们彩虹一样地
走过广场
　　走过铺满鸽哨的晴空
缤纷的气球和旗帜
　　　　和花朵
像河流一样
流过节日
　　流过晴朗的十月
我们
　　属于黎明方队

铿锵的脚步把夜色纷纷
　　踩成通向未来的
　　　　柏油大道
太阳清晰的镜头
　　推向我们
以最大的热情
给我们一个特写
　　一个定格

---

　　①　本诗发表于《中国政法大学校讯》(今《中国政法大学校报》) 第 15 期第四版 (《芳草地》文艺副刊第 6 期)，1984 年 11 月 24 日出版。

韩 鸥

名 字 ①

红色的门开着
一群群跳跃的花朵闪过

我顾自埋着头
在我厚厚的记忆的字典里
查找着你的名字

但我不敢读出声来
只能在这冰凉的桌面上
用我柔弱的手去划

绿色的窗是关着的
一声声轻盈的跫音被遗落了

---

① 本诗发表于《中国政法大学校讯》（今《中国政法大学校报》）第 15 期第四版（《芳草地》文艺副刊第 6 期），1984 年 11 月 24 日出版。

应忆航*

汽 笛①

当手中的汽笛骤然拉响
金属般明亮的音色
　　像鹰隼急旋的翅膀

展台，绿灯的启示的遐想
钢轨流向远方
路堤杉、星星蜂拥而来
闪过搭彩色积木的城市
　　和漾着月亮微笑的村塘
吸引着我们走向拥挤、走向流汗
走向充实、走向匆忙……

窗口扑来一阵阵新鲜的风
我们心的旗旌
和奔驰的列车一起飞翔

该选择的就勇敢选择
该歌唱的就大声歌唱
笛声像一根坚韧而神奇的
地平线
牵引着一轮
　　火球般滚来的太阳

---

　* 应忆航，中国政法大学进修学院。
　① 本诗发表于《中国政法大学校讯》（今《中国政法大学校报》）第 16 期第四版（《芳草地》文艺副刊第 7 期），1984 年 12 月 30 日出版。

墓地的小花 ①

——给一位牺牲的大学生

野外荒凉的坡地上
躺着一个年轻学生留下的故事
生命的小溪在这里滞竭
他走进了一个不醒的梦里

……为了一个落水的小女孩
他在激流中完成了一次壮丽的挺举
用他青春的爱恋
以及二十二岁的黄金年纪

花圈早已飘零，挽歌早已消逝
"值得吗？"激烈的争论已留给往事
一切，似乎都被时间淘汰了
小河流淌着轻快的歌曲……

然而，几朵无名的小花
初春，在他沉睡的地方悄悄站起
用它们红润的小嘴
执拗地讲述着不该忘却的记忆

---

① 本诗发表于《中国政法大学校讯》（今《中国政法大学校报》）第 17 期第四版
（《芳草地》文艺副刊第 8 期），1985 年 1 月 28 日出版。

何　解

在这里 ①
——给印刷厂排字工

铅字像密密麻麻的星斗
排字房像深邃无垠的宇宙
你辛勤地采摘、排列星辰
换来一篇光明的丰收

思想被赋予沉甸甸的分量
智慧获得有棱有角的骨头
它们将飞向书斋、教室
去回答焦灼的等候

你为追求的理想
提供无数立方米的知识
你为平庸的胃口
奉献一吨吨崇高的享受

多些对朴素劳动的刻意追求
人间便少些华丽的荒谬
精神文明建设的宏伟工程
筑起一群闪光的预制结构

---

① 本诗发表于《中国政法大学校讯》（今《中国政法大学校报》）第 17 期第四版（《芳草地》文艺副刊第 8 期），1985 年 1 月 28 日出版。

邵水娟

两个背吉他的少女 ^①

你们肩背着六根会幻想的琴弦
像肩背一尾游鱼
自由自在地游去
在东方在古老的二胡琴弦里
在你们游到或者来不及游到的
地方
在幻想深处
你们蹦蹦跳跳的青春
　　毫无顾虑
从琴弦里溢出　然后
潮水般漫开
直漫进我的海洋视线
海洋视线很辽阔
深沉为这两枝夏日的花朵

她穿过阳光岁月
穿过极其自信的星星雨
猛回头，过去已成一片废墟

你们肩背着六根会幻想的琴弦
像肩背一尾游鱼
无忧无虑地游去
在东方在不舍昼夜的流水声里
在你们游到或者来不及游到的
地方
在岁月的另一头
历史浮上来又沉下去
你们还将骄傲地游过
游过深水区吗

---

① 本诗发表于《中国政法大学校讯》（今《中国政法大学校报》）第 25 期第四版
（《芳草地》文艺副刊第 12 期），1985 年 9 月 27 日出版。原题为"两个背吉它的少女"。

李成林 *

春　天 ①

属于我的春天
和风总是轻柔
我只是急匆匆地穿行
脚印浅浅

踩着简易书桌量角器三角板
渡过平静的海洋
轻轻地在一块新大陆旁靠岸
新大陆总有那么多新的东西
到处生长着和平的面容

到处落满洁白的鸽子
到处都有玫瑰丁香开放安宁
可我不满意
生活为什么总是这样平淡

还是让强海风吹我雕刻我吧
当我立在海边
让风撩起我色调深沉的海魂衫
雕刻我吧我任你雕刻

---

　* 李成林，中国政法大学 1984 级。
　① 本诗发表于《中国政法大学校讯》（今《中国政法大学校报》）第 17 期第四版
（《芳草地》文艺副刊第 8 期），1985 年 1 月 28 日出版。

他到西部去了①

他去了
到生长风沙和驼队的西部去了
他到西部去了
他是带着足球和球鞋去的
他说如果西部没有绿茵场
那么他就在长满骆驼刺的地方踢
和他的队友密切配合
用他最拿手的金钟倒挂
叩开西部紧密的大门
他说他要把球踢得高高
在早晨升起一轮太阳
他到西部去了
他是带着剃须刀去的
他知道西部有好多好多的芨芨草

他怕他脸上长满芨芨草般的
络腮胡子②
把照片寄给远方的女友
瞧，我就是黑点还是那么精神
他到西部去了
他是用头颅顶着国徽去的
金黄色的勇敢和正义去的
他说他让西部荒凉的土地上
长出一样雄伟的天安门
一样丰满的稻穗
他会让西部的天空
开放一样闪亮的五颗星星
他终于去了

---

① 本诗发表于《中国政法大学校刊》（今《中国政法大学校报》）第 86 期第四版，1988
年 7 月 4 日出版。

② 原文为"胳腮胡子"，根据语义酌改为"络腮胡子"。——编者注。

计伟民 *

雨夜追踪 ①
——献给千里之外的 SJ

在伫立的汗味中反差你的芳香
在 387 列车上攥着一夜难眠
我面对西方疾驰而去
我是爱情杀手疾驰而去

谁敢抢走我永远呼吸的人儿
千里江山让我追寻
我背负美丽的苦难
头顶苦难的美丽

我带着一个雨夜的全部破碎
带着板结四年的我悔我恨
妹妹，我追踪你的愤怒

老年的黄土皱着冷峻的雨纹
在脸颊上扫出粗暴的敬礼
我狂冲过欲语还休的娘子关
我在充满背叛的岁月里宣誓
我，是你抛不掉的忠诚魔鬼

* 计伟民，笔名阿计，中国政法大学 1985 级。现任职于《民主与法制》杂志社。
① 本诗发表于《中国政法大学校刊》（今《中国政法大学校报》）第 121 期第四版，1990 年 10 月 27 日出版。

魂无归处 ①

（或：逃亡之梦）

记得那杯酒
我将自己注入
和泪喝下
山河破碎的声音
和我的骨骸
同时彻夜作响

望去，是重重的凄风苦雨
将心口拍成一轮
秦时就痛苦的月光
问苍茫大地
何处是我立锥的地方
无数猎猎作响的深夜
只能温习亲人的目光

青石板，最冰凉的床
刻下多少失神的刀枪

我的血倘能流出去
祖国将盛开哪一朵英雄花

伤疤叠印
又是一群胡子疯长
勇敢的采药女
让我醉卧于一见钟情
风吹草动，绣鞋作证
野山谷里，英雄美人

小舟
已在沉郁的江岸剑拔弩张
纵然多情已使华发
爬满鬓边
谁还会因为恐惧
终生系缆不发

① 摘录自作者博客"天马阿计的表白群"，载 http://blog.sina.com.cn/s/blog_ 54ef929f010 0igzr.html，最后访问时间：2021 年 8 月 13 日。

王艳霞 *

下一世，我们还有美丽的地方相遇吗 ①

下一世

我们还有美丽的地方相遇吗

我将撑一把落满尘土的伞

乘一叶老态龙钟的船

驶过整个世纪

寻找你

下一世

我们还有美丽的地方相遇吗

我将擎一只青铜斑驳的指南

驾一辕千年识途的老马

穿过史前的沧桑

寻找你

下一世

我们还有美丽的地方相遇吗

＊ 王艳霞，中国政法大学 1985 级。

① 本诗摘录自郭恒忠主编：《法大 85：青春的记忆》，中国政法大学出版社 2009 年版，第 280—281 页。

我将以全部柔情的倾注
去浇注你穿越百年的原野的干枯
我将用所有温暖的低语
去缝补你历经风雨的褴褛的衣衫

下一世
我们还有美丽的地方相遇吗
我将以盛大的礼遇迎娶你
我将以纯洁的月光作你的婚纱
以广袤的大地作你的婚床
以浩瀚的宇宙作你的新房
再以我亘古不变的心
作你陪伴终生的婚戒
迎娶你
下一世
我们还有美丽的地方相遇吗
哪怕滔天的洪水将整个世界弥漫
哪怕浮起的群山将所有路途隔断
我也将以同样久远的呼唤
同样无悔的期待
守候在人生的每一个驿站
寻找你

1988 年 4 月于法大校园

王志宏 *

转瞬即逝的感觉 ①

阴天还是晴天，已经不很重要，
我打开窗，目光闪烁，灵魂渺小。
燕子仍然低飞，一群破落的流言，
啾啾之鸣唱，不停回转。
把一只手藏在背后，握着三粒骰子，
热切地期冀，那最后的博弈。
你露出的诡异笑容总让我失神，
却也让我一如既往地认真。

难得一遇的颓丧如难得一遇的爱情，
真相如此简单地撕裂人们的心灵。
涂涂抹抹之后发现的问题，是日子仍然发光，
就在瞬间，可以遗忘的全部遗忘。
这还是那个郁闷的夏日的上午，
我喝干一瓶冰水，没有等待没有回忆，也没有厌恶。

---

* 　王志宏，中国政法大学 1985 级。
① 　本诗摘录自郭恒忠主编：《法大 85：青春的记忆》，中国政法大学出版社 2009 年版，第 283 页。

赵宇红*

冬天的最后一个夜晚 ①

我立在冬天的最后一个夜里
静静地等待着新春的黎明
"严冬劫掠去的一切
新春会给我还来?"
渐渐地,我仿佛来到了第二天
那个无数诗里异常美妙的天地

啊!世界是那样美丽多彩
我还是那样绰绰有余
大团大团纯白的雾散在山峦之间
璀璨的鲜花就隐现在它的下面
我飘逸在云雾中
芳馨迎面扑来
我忘乎所以

尽情地享受着这美的境地

忽然间,一声霹雳
我从幻梦中惊醒
周围还是那样黑暗
没有一丝光明
凛冽的寒风依旧冷酷无情
割裂着我的身体

我彷徨我犹豫我清醒
是的,我必须离开这里
走向前去寻找那
新春的黎明

---

* 赵宇红,中国政法大学 1985 级。
① 本诗摘录自郭恒忠主编:《法大 85:青春的记忆》,中国政法大学出版社 2009 年版,第 287 页。本诗曾获中国政法大学 1986 年第二届诗歌朗诵会创作一等奖。

陈正宾[*]

花事已了佛见笑 ①

在向阳的山坡
我种满黄花
我想着花开季节
你会踏歌而来
······
来时黄花满径
来时秋风已凉
来时百鸟归巢
来时满天彩霞
来时头插茱萸
来时手拿竹马
来时长发凌空
来时笑面如花
来时手舞足蹈
来时歌声悠扬
······

＊ 陈正宾（1966—2014），中国政法大学 1985 级。
① 本诗摘录自郭恒忠主编：《法大 85：青春的记忆》，中国政法大学出版社 2009 年版，第 294-295 页。

"九月九

黄花儿香

我和哥哥入洞房"

掀开红罗帐

花儿满床

香满房

……

歌声飞处

离人断肠

花黄已淡的山坡

秋风中我热泪盈眶

其实花开又如何

秋天已不属于我

在黄花连天的山坡

我像乞丐一样守候

就这样守望到老

把思念交给风

浓淡都由风吹散

在我生命的最后一个夏日

凋零吧

凋零在我崩溃之前

1988 年于法大七号楼 337 宿舍

致我爱过的所有女孩 ①

我会很从容地去死
有足够的时间写好一份遗书
每一片在深秋飘下的落叶
都将告诉你我怎样地爱过
每一首留给你的诗
都将像刀子从你心上划过
再出一串很美的花
我将死不瞑目
走进过无数的风景
也留下了无数的遗恨
不见女娲、不见女娲
我的天空撕开了口子
落霞如血
洒满我天堂寂寞的灵台

不乞望在烈火中变成化石
被爱过恨过的人得不到安宁
请给我最辉煌的一吻
抚闭我不瞑之眼
生，不能给你幸福
因为你不再相信真诚
如果子夜有风刮过
别怕，是我回来看你的足音
在凌晨走过朋友们的窗口
活着的人们以为我死得很幸福
谁又知黄土葬下一颗千疮百孔的心
谁都可以在我的坟前忏悔
如果此后她的灵魂能得到清静

---

① 本诗发表于《中国政法大学校刊》（今《中国政法大学校报》）第 99 期第四版，1989 年 4 月 1 日出版；收录于郭恒忠主编：《法大 85：青春的记忆》，中国政法大学出版社 2009 年版，第 296 页。本诗曾获中国政法大学诗歌评比创作二等奖。

王 欣*

无 题①

凝望着你的背影
我把世界悄悄封闭
谁也不会知晓
今天的十字路口
曾徘徊过多少疲惫的行旅
黄昏总是想要燃烧
却又总是默默地隐去

手中的那本书
你的名字与百合花
融在了一起

用心吟唱时
只有你的诗才最有韵律
尽管属于你的仙后星座
从未在此留下过
任何轨迹
别把背影模糊地留下
遥远的注视
遥远的记忆
一切都会成为历史
遥远的开始
遥远的结局

---

* 王欣,中国政法大学 1986 级。
① 本诗发表于《中国政法大学校讯》(今《中国政法大学校报》)第 70 期第三版,
1987 年 10 月 26 日出版。

于 南

圆明园草丛中的墙基 ①

比入定的法师更加沉静
可以相信
它已长眠

我死命捶打
石头
什么也不说
古老的沉默
几百年——几千年

隔离远山
仍是远山的性格
敦厚无言驮宫廷的威仪
负自己的灾难

如果有皮肤
额头该叠起千层皱纹
假若有心
烟叶早将眼窝熏干

你想说话么
你听到我的声音么
我给你舌头和泪腺
换你一支谣曲
行吗

古老的沉默
几千年
几万年……

---

　　① 本诗发表于《中国政法大学校讯》(今《中国政法大学校报》) 第 74 期第四版 (《芳草地》副刊), 1987 年 12 月 14 日出版。

张　越

空　白 ①

青枫护盖在我们头顶
摊开叶掌
任我们选择一次
爱情的路线
仅仅一次
一只绿色的椅子
飘浮在黄昏的霞光里

幸福来临
如一只突如其来的

白色鸟
掠过春天的水面
过去的许多岁月
在其他水域
平静得一片空白

白色鸟疾而无声
空白是中国书法
最深情留下的
一块寂寞境界

---

① 本诗发表于《中国政法大学校刊》（今《中国政法大学校报》）第 85 期第三版（《芳草地》副刊"现代校园风·诗专号"），1988 年 6 月 21 日出版。

萍 儿

梦中的百合 ①

我走了，正如那首歌　　　　　不再为了唱绿色的歌谣
唱的那样　　　　　　　　　　将嗓子喊哑
也许我带走的太多　　　　　　让我们将一切都夹入
留下的太少　　　　　　　　　书中。那一天
该说，还是不该说的话
都在眼波中流过　　　　　　　偶然翻起，会发现
还记得美丽的诺言　　　　　　一个美丽故事
要摘那梦中的百合　　　　　　做成的一枚书签
而如今，我必须走了

① 本诗发表于《中国政法大学校刊》(今《中国政法大学校报》) 第 85 期第三版 (《芳草地》副刊 "现代校园风·诗专号")，1988 年 6 月 21 日出版。

刘秀云

我是一片叶 ①

我是一片叶　　　　　　　　在荡漾钢琴的秋季
春天的时候　　　　　　　　我把忧郁埋葬
我在古老的脊背上　　　　　在紫色的树林里
做一个鹅黄嫩绿的梦　　　　沿着夕阳的道路寻觅

我是一片叶　　　　　　　　失落在灰色的季节里
夏天的时候　　　　　　　　那是我
风中荡起秋千　　　　　　　在春天里扬起生命之旗
飘向蓝天，飘向白云　　　　那更是我

---

① 本诗发表于《中国政法大学校刊》（今《中国政法大学校报》）第 93 期第四版，
1988 年 12 月 1 日出版。

李晓文

雨　夜 ①

一个晚上风雨交加的雷夜

离别神魔般地劈开相加的你我

车轮轰隆碾我珠红如豆的迷泪

缤纷地踏过你寂寞怅寥的原野

等你等你车窗手臂一齐向你呼喊

还有无数的热流滚动在尚未发声的喉咙里

让目光凝住情感凝住时空都凝住吧

我淋湿了一个故事

但不是有意的

雨歇了风停了春也去了吗

哪里

思念犹如火红的栀子花

点点片片燃烧在我的心底

---

① 本诗发表于《中国政法大学校刊》（今《中国政法大学校报》）第 99 期第四版，1989 年 4 月 1 日出版。包含本诗在内的《思念组诗》曾获中国政法大学诗歌评比创作三等奖。

孙　维

今　天 ①

前年的今天
我把诗写在你的掌心
平淡的是格调
激动的是心情
去年的今天
寒意在我的信上缠绵
距离已然走出视线或远或近
而目光还落在两者之间
今年的今天
哀伤躺在我的笔下一样辉煌
一次生日
一次小小的死亡

明年的今天
当记忆划过往事照亮
　　　　你的影像
我会在轻烟中
握住你的名字　取暖
孤独的年轮　将依次
放大期待的句号
而即使一片悄然而落的
　　　绿叶
也印着无数牵挂

① 本诗发表于《中国政法大学校刊》(今《中国政法大学校报》) 第 99 期第四版，
1989 年 4 月 1 日出版。本诗曾获中国政法大学诗歌评比创作二等奖。

唐　风

流浪的歌手 ①

在尘土的路上走
用颤抖的声音歌唱
浪迹四方的歌手
讲述一个没有名称的地方

月亮从东边升起
太阳从西边落
天上的鸟儿有歌喉
水里的船没有桨

盘膝坐在路边
风从八方吹来

在他喑哑的歌声里
河水在轻轻流淌

久已废弃的老屋顶
有瑟瑟的黄花开放
轻快的马车在河边走
车上坐着谁家的新娘
流浪的歌手
告诉我
什么是呼唤你的咒语

---

① 本诗发表于《中国政法大学校刊》（今《中国政法大学校报》）第 99 期第四版，1989 年 4 月 1 日出版。本诗曾获中国政法大学诗歌评比创作三等奖。

老 狼

高 原①

（组诗选二）

马 车

那时候

大雨滂沱

我的马车上

没有粮食

只有水和诗歌

在正直的泥路上

踱过良知和智慧的轮子

四匹白马

四位纯真的兄弟

在这黑夜里

是谁牵我们一起行进

任抗争的星星

---

① 此二首诗发表于《中国政法大学校刊》（今《中国政法大学校报》）第 103 期第四版，1989 年 9 月 23 日出版。

缀满简陋的车篷

热爱故土的人
注定要四处飘零
忠诚生命的人
注定要踏过死亡的阴影

母亲和村庄
祝福我吧
祝福我的马车
走进黎明的锁孔

牧羊人

羊肠小道
是唯一的径脉
流过去
羊群、狗、牧人
高原汹涌的血液
兄弟，你一生都在流浪
追寻水和爱情

凄美的歌声
信天游来游去
酒是屏障
阻挡回忆和风
牧人
你走不出这高原
走不出这千年的宿命
野狼群
和肩头暗紫色伤疤

又一次亲切照会
一只沾血的小斧子
悬在你梦的天空
黑牧狗
有过一次忠诚的背叛
苍茫中
会见它遥远的情人

其实鞭子一直不属于你
冷月下你披张羊皮睡去
岁月悠悠
你是羊群中最老的一只
牧羊人

秀 儿

静夜思：返祖 ①

（高原组诗之四）

命运写在掌心
我的手沾满忧虑和土
寻找劳动
出生时
有一排雁阵为我命名
想起自己是人
泪流满面

那个用牛角盛水的人
那个用弯弓射大雕的人
那个用粗草绳设置边疆的人
那个在火堆和爱情旁跳舞的人
那个被公众推选为王的人
肯定是我的父亲

在高原的窑洞里
秋风会告诉我这些

---

① 本诗发表于《中国政法大学校刊》（今《中国政法大学校报》）第 107 期第三版，
1989 年 12 月 15 日出版。

有一部分天空注定与我有关
我的天空没有星星
只有一把叫做月亮的镰刀
收个成熟的生命

大雪说来就来
满天是大雁的羽翎
我的手颤抖地
寻找袖子
一种水凝固成冰
另一种水停滞不前
夜色
洒满我多毛的大腿
我有时候大吼一声
灯花乱颤
想来惊醒了沉睡的父亲
天空开满混沌的眼睛

土　地①

黑手，红麦子，白河流
一种具体而深刻的图案
生命的乡村风景
唢呐的白天，二胡的夜晚
在这民谣流淌的平原上、时间上
玉米和农民静静长成
那些充满水味泥味菊花味的哲学

---

① 本诗发表于《中国政法大学校刊》(今《中国政法大学校报》) 第 109 期第三版
(《芳草地》副刊"青春的抗争"诗歌大赛获奖作品选登)，1990 年 3 月 5 日出版；收录于
《那时我们无歌可唱——"345"诗社作品选 (1988~2012)》，华夏出版社 2012 年版，第 104-
106 页。

静静长成
帝王和佃户
一对互不往来的邻居
都是这土地忠实的臣民
太阳离我们很远
愿望离我们很远
在这块土地上 ①
你为什么驮来葡萄和烟叶
　　空虚的莲花手掌
在这块土地上
你为什么沉默如金为什么大哭如雨
　　为什么总写苦难的诗行
长臂如林
十根指头，十片青春的叶子
活着的全部欲望
和我们的葵花一起开放
年轻一圈又一圈
层层放大历史的创口
那些顽强向上又訇然倒下的大树啊
那些头颅，血，灵魂的野马群
一只飞翔了五千年的无羽之箭
教我成为人间又一个盲者
　　孤独的盲者
聆听黑夜走动的声音
触摸土地复杂的经脉
弯曲的犁具和牛角
弯曲的　梁
劳动的方式就是生存的方式
一张古老的网静静等待突围

---

① 诗中土地特指黄土高原——原注。

那些宿命的鱼
我的在泥泞中呼吸的美丽的母亲
中国，梅花落了
土地的深处
有一种矿藏的火苗燃得寂寞
我的心燃得寂寞
告诉你吧，土地
我们在你的屋室下沉默够了

我要像鸟一样离开你
四处流浪，然后重建家园
告诉你吧，土地
我要做流浪的诗人
　　　做奔波的工匠
　　　做大海的女儿
　　　要做周游列国的士兵
告诉你吧，土地
我要一万次诅咒你
　　　背叛你，改变你
一万次寻找道路和天空
土地
我的欢乐我的悲愤我的痛苦的沉沦
土地
我的母亲我的世仇我的千年的宿命
什么时候
大火烧红我孤独的梦境
什么时候
只有天空教我内心颤栗
什么时候
我会拥有一块真正的天空

晨　光

给重逢 ①

当一切都已归于沉默
回忆已留给未来的偶感
你却又回来
回来找到我
明知道有一条无边的河
明知道两条小路已经错过
明知道你我不再
不再有什么东西能弥补铸就的
失落
只有无言地漫步
漫步的无言中有我轻幽的叹息
　　和你烟头的闪烁

重又提笔
想写完很久以前的句子
重又迈开步
不知道是否走的还是先前的路
重又掀开那本书的扉页
重又支住额仍然优雅的用指头
却突然发现许多感触
如雨后山谷中萌发的野草
挤满发着素香的原积的腐殖土
而我的额
已经十分沉重的艰涩

----

① 本诗发表于《中国政法大学校刊》（今《中国政法大学校报》）第 107 期第三版，1989 年 12 月 15 日出版。

第四部分

在昌平的孤独

在冬天巨大的黄昏

城市的楼群不断长高

遮挡天边的夕阳

无数的树木被砍伐

圆形的伤口上挂满自然的眼泪

——孟冰《冬天的黄昏》

唐　波[*]

南方冬季 ①

南方遥远的冬季
雨是纠缠不休的乞丐
那片潮湿的绿色丘陵
感冒的热情真让我受不了
在迷宫一样的病房里
护士用眼光给我打针
针没打完　我浑身漾起
福尔马林的气味

沼泽地一般的天穹下
那条狭窄破烂的街道
一副灵柩在雨中行进
街道像决堤的河
灵柩漫无目的地飘浮
一把把雨伞……凋零的纸花

---

[*] 唐波，笔名柠檬，中国政法大学 1987 级。现执业于北京市炜衡律师事务所，系炜衡律师事务所高级合伙人、集团管委会常委，南宁分所主任。

① 选自《那时我们无歌可唱——"345"诗社作品选（1988～2012）》，华夏出版社 2012 年版，第 3 页。

在河里随波逐流
此刻我正闭了眼睛
静静地躺在灵柩里

我的眼睛酸疼　脑袋肿胀
外面　凄厉的狗吠声蛇一样蜿蜒
接着　一阵飘渺而清晰的拍掌声
在黑暗中有节奏地响起
似有白色粉脸的魂灵
在夜风中长袖起舞
拐角"扑"地喷出白色烟雾
悠悠地升上天空

雨还在不厌其烦地打扫世界
小屋的灯光如一张枯叶
我是挣扎无奈的小虫
我看见一双枯槁的手
颤颤地翻弄一本发黄的书
当翻到最后一页时
灯熄了
夜占领着的城市
雨点像鼓点一样响亮！

圣　诞 ①

此刻我无所不在
统治着全世界卑微的生灵
太阳消失以前
你们须从明亮的门外依次而入
像自然坠落的果实
匍匐在我脚下
所有睁开着的眼睛
伸出空空如也之手
忏悔吧
我将以罪恶考验你们的忠诚

这是雨水非常丰沛的年头
葡萄藤蔓延到每一个黑暗角落
葡萄树扎根于我的体内
我是所有光明之源
河流上游是坚固无用的堤坝
洪水淹没你们的居住地
鲜艳的花朵在天边开放
在山上面临的你们啊
奉献出美艳绝伦的少女
打开白花花的天灵盖
你们想祈求什么
我只有你们不想要的

---

①　选自《那时我们无歌可唱——"345"诗社作品选（1988～2012）》，华夏出版社
2012 年版，第 6-8 页。

大火熊熊燃烧
从草原直到海面
大火的中心
火焰自我脚下升起
我在展开身体的十字架上
替你们赎罪
你们只须丢下沾血的刀子
伸展开瘦弱的枝子
在心里默祷
桌上葡萄般的眼睛啊
你们在用餐之后
请不要出卖我

三日后我睁开双眼
穿过坚固的城堡
在我的天空下面
房屋和坟墓将一同繁盛
你们须在安息日静静地候着
我会突然降临于你们面前
叫你们化好妆
回到原来的座位上去
像羊一样吃草
热爱你们的仇敌

葡萄树在疯狂地生长
坚固的城堡不攻自破
你们去年的颂辞
你们奉献的少女和头颅
去年的花朵已纷纷萎去
语言被阳光融化

今年我仍是唯一的主
在你们紧锁的房间
我会悄无声息地出现

阳光下露珠般的果实
芬芳的沉甸甸的头颅
像河流一样的日子
灌溉大花的沃野
温暖的风自天外而来
在你们的屋顶上
神圣的歌隐隐约约
你们自门外依次而入
钟声响过之后
迟到者是谁

石正茂 *

面 具 ①

黑暗中　　　　　　　　　　曾经
一切逃走了　　　　　　　　日光是面具
突然的恐怖　　　　　　　　灯光是面具
有人唱着做作的歌　　　　　目光是面具
走廊里传响不安的步子　　　所有的虚假正在喘息
默默地与星对视　　　　　　走出去
我不承认　　　　　　　　　击中每个人的要害
黑暗的邪恶　　　　　　　　炫目的白光扫来
一切已到了最真实的时刻　　我看见　你挂上嘴角的微笑

  ＊　石正茂，笔名无意，中国政法大学 1987 级。现为电视制片人。
  ①　选自《那时我们无歌可唱——"345"诗社作品选（1988～2012）》，华夏出版社
2012 年版，第 9 页。

廖春迎 *

无名诗人和死亡的诗人在小酒馆邂逅 ①

那位死去的诗人
在我的对面喝酒
他坐在我的对面
我不认识他
我知道有一个诗人很会写诗
他就在我的身旁
我曾经像一个诗人的样子，谈诗
在诗人的身旁
他的面前摆着一排空啤酒瓶

这时，诗人又起身朝酒柜走去
黑色胡子，黑色乱发，黑色背影和半截
黄色烟头　走过
人们的眼睛
青稞在黑色的土地里长成

---

　* 廖春迎，笔名误解，中国政法大学 1987 级。现为法官。
　① 选自《那时我们无歌可唱——"345"诗社作品选（1988~2012）》，华夏出版社 2012
年版，第 14-15 页。

听说诗人去了西藏
去了一个有青草、牛羊和沙滩的地方
去会见太阳
他带回一只透明的贝壳
唯一的行囊

那天，诗人又去远行
没有告诉任何人
他去什么地方
我只知道那条旅途不好走
人们都想将他挽留
用世上所有的青稞和啤酒

诗人说
谢了
你们已经给我太多太多

王九川 *

回忆冬天 ①

这些马和稻草
这片雪地 沉默的狗
吊死在天空的树林
这胆怯的小房
炊烟正爬上落日

整个下午我静立成一粒雪
我从前的影子就埋在这雪地
如一把银灰折扇
展开我少年的全部秘密

这块冻僵的风景
就挂在居室的墙上
我时常穿过灰尘进入腹地
一只鲜红的手自雪下伸出
握住它　轻轻拽动
一辆马车自远处驶来

* 王九川，笔名黑川，中国政法大学 1987 级。现为执业律师。

① 选自《那时我们无歌可唱——"345"诗社作品选（1988~2012）》，华夏出版社
2012 年版，第 19 页。

渠慧婷 *

我躺在黄昏的山头上 ①

我躺在黄昏的山头上
安静的　没有思想
不知道山坡上遍布荆棘
只有满世界的野草香
漫补刮破的云裳

我躺在黄昏的山头上
默听群山无声地歌唱
绝尘的白云何等温柔啊
我为蓝天的洁净而感伤

我躺在黄昏的山头上
是甜蜜的孤单温暖的凄凉

自从出走的那一刻
所有猛兽
也抵不过曾有的重创

我躺在黄昏的山头上
长发挽不住渐没的残阳
轻轻地叹一声"别了"
已头枕淡淡的星光
出凡的洒脱无梦的天堂
黄昏的上头啊
只有微风飘荡……

　* 渠慧婷，笔名方月亮，中国政法大学 1987 级。现任职于事业单位。
　① 选自《那时我们无歌可唱——"345"诗社作品选（1988～2012）》，华夏出版社
2012 年版，第 22 页。

孟　冰 *

冬天的黄昏 ①

在冬天巨大的黄昏
城市的楼群不断长高
遮挡天边的夕阳
无数的树木被砍伐
圆形的伤口上挂满自然的眼泪
它们保存下珍贵的血
沿完整的根流入地下
滋养农民们最后的麦子
在冬天的黄昏里

一支乡村的乐队在行进
他们的路途遥遥无期
他们的花轿空空
他们走在麦子和草地之间
歌声凄厉而忧伤

---

* 孟冰，笔名梦冰，中国政法大学 1987 级。现为执业律师。

① 本诗发表于《中国政法大学校刊》（今《中国政法大学校报》）第 128 期第三版"首届高校诗歌交流比赛获奖作品选登"，1991 年 3 月 20 日出版。本诗在该比赛中获一等奖。

　　　　"诗歌是玫瑰
　　　　我们是园丁
　　　　谁是看花的人"

没有看花的人
冬天是大雪的季节
麦子　诗歌　　以及短翅麻雀
在大雪下面
医生和厨师不分彼此
同样的白衫罩身　掌握人类的生死
没有看花的人

冬天的黄昏睁开眼睛
冬天的农民睁开眼睛
看城市里的人们匆忙回家
点亮灯火　照耀苍白的面容
黄昏的草原一望无际
零星地长着几棵麦子
向山谷延伸
鱼群浮出海面向山谷延伸
变成温和的动物为人类提供驯化的乐趣
那些牧人　那些驯兽师
提篮里装满动物的骨头
大醉而归

它们的灵魂深入山谷的腹地
在黄昏里发出清冷的光辉
而它们的尸体
护佑凶手的城邦

麦子所剩无几
靠断树的血液存活
这最后的唯一有灵性的生物
在冬天的黄昏里
失声痛哭

人啊　你这水中的少女
为什么离弃你们的家园
让田地荒芜
你们的花轿空空
你们的母亲已容颜衰老
那吹唢呐的农民
也已成为最后的农民
他们站起来是一棵麦子
什么能使他们幸福

城市的楼群不断长高
到处都是断层　天马行空
最后的农民
只有你们的眼睛能在雪里看见水
在黄昏里看见朝霞

四月最后的夜晚 ①

在四月最后的夜晚
我们听到迎春花急促的喘息
我被你长长的黑发包围
雾把我们包围
我一层层拂去
却总也触不到你的脸
你的衣服，让我想了什么
月亮在雾中时隐时现
今晚的一切由你主宰
我是四月里悲壮而盲目的士兵
由你主宰的幸福正在来临
远处比身边还要安静
月亮和云朵充满整个过程

那消逝的究竟是什么
以及那些留下的，在春天
在四月最后的夜晚
也是最后一次
爱情被小心地放好
先被时间吞噬
再还给我们

---

① 选自《那时我们无歌可唱——"345"诗社作品选（1988~2012）》，华夏出版社 2012
年版，第 27-28 页。

刘佳雁 *

往事的回归 ①

流年使你化作废墟，静静地
沉默
记忆曝光时你的内涵，暴露
无遗
被洞穿一切乃至时间空间
唯有另一个温柔懂得你的思绪
你的一切欢娱
黄的花，红的蜻蜓，茵茵的原野
嬉戏，顽皮和跌跤……

在心灵深处你是一条深深的辙痕
就像流失于时间的缺口又长又远

为了那个想也想不完的梦呓
固执地守着你的祈求
伴随吱嘎的辘辘艰辛地轧过
望着前方的路，山坡和水洼……
对于痛苦，你显得那样洒脱
对于欢乐，你显得那样深沉
无语的时候
梦中喃喃低鸣，白昼里独自叹息
会有那么一天尘埃拂去你的履历
你的灵魂化成化石，永久标签着
说不完的过去
你是生之证明

* 刘佳雁，笔名秋野，中国政法大学 1987 级。现任职于科研机构。
① 选自《那时我们无歌可唱——"345"诗社作品选（1988～2012）》，华夏出版社
2012 年版，第 23 页。

陶 为 *

亚细亚之雨 ①

下雨的时候我想在干燥的地面上行走。

——题记

亚细亚的天空鳞状切割

亚细亚的天空

在诗者诞辰日死去

亚细亚的天空保留着

很好的姿态和唯一真实

　　　　　　　的眼睛

涅槃的钟声响起

亚细亚的天空淅淅沥沥

亚细亚之雨锈迹斑斑

所有怂恿的表情

冲刷屋顶和纸张

人类向谁索要火种

诗者伸出双臂

呼唤年轻而捉摸不定的预言

---

* 陶为，中国政法大学 1987 级。现任职于企业。

① 本诗发表于《中国政法大学校刊》（今《中国政法大学校报》）第 127 期第三版，1991 年 1 月 19 日出版。

某种尖锐的东西
在同一时间缺失
亚细亚之雨灌顶而入
溶解高原的声响
就这样漫过陆地与海的
　　　　　　　　边缘
在圆圈断裂处
击碎漩涡和玻璃
幸存者泥泞的面孔
都在冥想一种方式
或者转世再生的丹药
亚细亚之雨还没有停止
植物在雨水跌落的泡沫
　　　　　　中长成
人类仆倒 ①的耀眼抗争
在植物丛中渐渐沙哑
面壁的诗者用指纹
　　　　　触摸白骨
于是粉红色莲花层层
　　　　　　　　开放
莫名而怵目的美丽
亚细亚之雨为谁而落
菩提之雨
为谁而落

---

① 原文如此。——编者注。

太阳四季 ①

春天是风雨季节
夏天是浴血季节
秋天来时　万物无言
冬天不来

冬天不来
太阳失落神话
太阳的故事
在春天
随风而起　随雨而落
三只脚的乌鸦　与
鹰爪犬牙之怪
恶斗　生死之间
野兽的羽毛
从空中纷坠

冬天不来
太阳的脸颊
苍白如一粒蓝色的纽扣
太阳的所有血色

都在夏天流尽
三只脚的乌鸦　终于折断翅膀

鸟的眼睛在哭泣
天空墨绿
三只脚的乌鸦
冲天而起
呼唤一个又一个
不死的魂灵

冬天不来
太阳的生命
寄于一个钻石誓言
十年不晚
于是秋天完美
你我共同沉默

冬天不来
太阳不挂枝头
杨树坚硬的种子

---

　　① 选自《那时我们无歌可唱——"345"诗社作品选（1988~2012）》，华夏出版社 2012
年版，第 29-30 页。

赵小莉 *

今　夜 ①

潜伏于草中的狂乱黄昏的风
即将冲破纸糊的窗棂
浑浊的目光在风里沉淀
无数迷乱的笑容
不及微笑
便被推拥而去

今夜
今夜我有别离伤心

风一样的笑声
早已匿遁在远方
日子
却在我的一声轻叹里
骤然现形
然而　谁
是我今夜的叹息

---

* 赵小莉，笔名南望鹊，中国政法大学 1988 级。

① 选自《那时我们无歌可唱——"345"诗社作品选（1988～2012）》，华夏出版社 2012 年版，第 75-77 页。

树上的叶语我已不复听懂
林中的灯影为何鸟一般穿梭
今夜隐蔽的心
终于牵着雨线奔泻
透明的玻璃
过滤出生命执拗的波纹
泪水和笑容同样无法熨平
波荡的背影
灯豆般摇曳于长夜尽头
茫茫风尘中掠过谁的诗句
所有记忆一齐转身
霎那间　是怎样的面容们
击碎我
从古到今
早该忘却的
正是轻掠而过的笑影
今夜　在这落寞的长廊
乱我心的
是谁的足音

独自奔命于萧瑟街头
让雨点消融去这风中的孤影
沉醉于良辰美景之前
却见冷笑在薄雾后闪烁
轻谈淡笑间
一个古老而苍凉的声音
始终充盈

我曾承受过我独自能承受的
　　全部风雨
今夜
我需要的却在哪里

灰尘不能附我
我将挣脱千万种利用的温柔
冷漠于满目灯火之前
在冰冷的今夜
哪一盏温暖的灯下
能有温暖融我
我慌措的泪水
无法为我导航
我在一千次的镇定之后
都迎来一千零一次的惊慌

今夜　就在今夜
我有千年孤独
却不知
谁堪与共

薛振如 *

西拉沐沦河 ①

西拉沐沦，蒙古语，意为"黄色的江"。

一

涨潮的十月之末
西拉沐沦婉转的歌
连同渐黄的树叶
一同升腾成感激
风声正紧
大块的水团掀起名字
西拉沐沦
挂在我寒冷的颈项

二

我仍将沿河跋涉
西拉沐沦
我平和如初

＊ 薛振如，中国政法大学 1989 级。现为执业律师。

① 选自《那时我们无歌可唱——"345"诗社作品选（1988~2012）》，华夏出版社 2012 年版，第 46-49 页。

水光波动而水声平缓
荒凉的岸上
它们照亮我的行走

河岸拉长
故园中失去的路
没有遮拦的河岸
如此柔滑　渐次拉长
河岸冗长
没有渡口
我背对故乡

背对故乡
我懂得忍让
浪花冰凉我的额头
我了解富足和忍让
走在无尽的河岸
忍让发自内心的忧伤

故园中失去的路
西拉沐沦
从河水中夺取光亮
我会先于阳光到达前方

三
黄昏中古老的木
落日后燃烧的血

西拉沐沦

燃起你的篝火
再扬起酒浇灭我的火
我高高在上的双翼
会安然下垂
如同枯萎的根茎
西拉沐沦
我看见太阳落山的过程
北方明月嵌在驼峰之上

北方明月　　世代情人的眼睛
它嵌在驼峰之上
夜的河流　　裸体河流
俊俏而幽深
比白天的河水更加晴朗
河在言语
西拉沐沦独自言语
裸露的身体布满吻痕
裸露的身体驮着语言
"如果我死亡
我将明亮
我将鲜花怒放"

西拉沐沦
如果你炽热地沉静
我被你的浪尖穿透
如果你暗淡地沉静
我被你的预言击倒
而艰难地存在
犹如这岸上的篝火

和着水声
西拉沐沦
母亲和诗歌的声音
在这夜晚能通达四方

四

西拉沐沦
你冲刷河岸
带走土粒
这土地却更加沉重

土地崩溃过几次
它从沉重中再生么?

土地　浮动在河上
露出庄稼的根须
浮在河上打转
仿佛河岸上
隐约的路
土地固有多年
歌唱父亲的年岁
西拉沐沦
不必指望
我们的身上
又负载了父亲的伤口
古老的伤代代流传

西拉沐沦

嘴唇一样美好的河流
覆盖饥饿物质和恐惧物质
只要惯于我的脚掌
记下我的声音
在我的掌心渗出汗和血之前
我将炸开我的内心
西拉沐沦
我要用最短的黄昏走完最长的路程

王　涛 *

歌谣的黄昏 ①

一

（诗人　于黄昏
献上最美丽的歌谣）

夏天
歌谣　于万民口中传送
铿锵的语句　于浪头飘浮
诗人　立于岸与礁石崩裂

歌谣的诗句　悬挂于空中
于万民口中传送
祈雨的歌谣　铿锵有力
如紫色葡萄　滴下鲜红的血

歌谣　我不屈的歌谣
于太阳的暴虐下　强忍眼泪

　＊　王涛，笔名方适，中国政法大学 1989 级。

　①　选自《那时我们无歌可唱——"345"诗社作品选（1988～2012）》，华夏出版社 2012
年版，第 59~63 页。

二

（我看见　海的血
从大地中流出
我看见　海的歌谣
从大地中流出）

海的血　于土地上站立
涂满天庭的门
红　我刺眼的红

巨人　英雄的巨人
疲命奔跑
巨人的眼睛是刺眼的红
巨人　我看见巨人以火把
焚烧天庭的门
我看见诗人们
献上最美丽的歌谣
为疯的巨人助兴

（黄昏　那是火的黄昏）

三

（那是火的黄昏　火光猛烈
我以歌谣　为火的黄昏
击节助兴）

黄昏　火的黄昏
站满大陆的荒野
如太阳　雄踞中央

诗篇环绕　于火的中央
英雄站立　于土地的中央

火　大火　以诗为柴的大火
越燃越烈　越燃越猛

（我看见大火　如野牛的眼睛
我看见大火　如野牛的血
那是刺眼的红）

四

（我看见海的血
从火的中央滚出
我看见野牛倒下
诗人跪下　舔舐海的血）

我看见所有的人跪下　舔舐
海的血

大火　席卷荒野的大火
已经冷却
我看见海的血
与大火后的荒野
一样乌黑

（海的血　冷凝
我看见魔鬼纷出　魔鬼纷出
狂舞于　火后的天庭）

五

（诗人　行于大道
蘸着海的血
哼唱 海的歌谣）

海的歌谣　灵验的歌谣
从大地中滚出

诗人　与魔鬼一道
舞于天庭
那是怎样的狂荡
那就是海的歌谣

乌云充溢　如火后的荒野
我看见海的歌谣
从大地中流出
从天庭中流出
从四面八方流出
流向荒野的中央

（我也看见　大麦的种子
成活于　海的歌谣）

六

（我看见　黄昏笼罩荒野
海的血　海的歌谣
于浪头飘浮）

诗人　立于黄昏

立于荒野
诗人的手　沾满鲜血
沾满诗篇
诗人的眼睛　是刺眼的红

海的血乌黑　嵌满大地
海的歌谣　于诗人的口中颂扬

（我看见　海的血　供于堂殿
我看见　海的歌谣
于万民口中传颂）

七

歌谣　海的歌谣　悬挂于空
于万民口中传送
祈雨的歌谣　沾着血
如紫色的葡萄　滴垂着的鲜血

我看见　野牛与火共焚
我看见　英雄与火共焚
我看见　海的血与歌谣
与火共焚

我看见诗人　于黄昏
献上最美丽的　歌谣

韩智力 *

伊甸园 ①

初秋，记忆背对月光
那双温柔纤细的手
终成最后
痛饮那杯纯粹而透明的酒
跌落于地成浮行于空的快感
直逼近你如纱的面庞
快感滚过你僵直的躯体
将你——打开
拥挤的车站
丁香般的笑容
不着痕迹的邂逅
无懈可击的错愕而去
积尘般布满呼吸的空间
刺入你坚硬的肉体（肌肤）
成为一种醒目的标志你无法逃遁

---

* 韩智力，笔名寒心，中国政法大学 1989 级。现任职于出版社。
① 选自《那时我们无歌可唱——"345"诗社作品选（1988~2012）》，华夏出版社 2012
年版，第 85-86 页。

只有子夜
孤独是最渴望的奢求
注视那支质地极佳的酒杯
那杯纯粹而透明的酒
时机来临之前
阳光破窗而入
暴露在落叶很多行人很少的街头
潜伏的记忆正席卷而来

那时你渴望那支质地极佳的酒杯
那杯纯粹而透明的酒
注视一片光芒和水色
如注视你最初的父亲
你的双手正慢慢游动
巨大的快感滚过你的身体
一浪再一浪冲刷你懦弱的记忆
梦呓般描述着
明天　阳光如何来临
又如何离去

杨会平 *

风 ①

欲求的眼光不可抵达
黑色幕帷遮掩的另一面
隔着瘦弱的老墙
在阳光止步的地盘
坐卧于古铜的人体
捧走已谢的花　结着的果

倚石的长者
对贫血的双手
扪问经纬不明的掌纹
和躲闪的寓意
流水冲洗的底页里
灯火明灭
盗人向着我们狂笑

＊　杨会平，笔名川子，中国政法大学 1990 级。现任职于银行。
①　本诗发表于《中国政法大学校刊》（今《中国政法大学校报》）第 176 期第三版"青春的抗争"诗歌专题，1993 年 6 月 25 日出版。

浑黄之水赐人们以长箫的凝炼 ①
白色头巾的祭典
与狂风相互拉扯
伏地作睡的父辈
在烈火焚烧的浓烟里
默默流着泪

我们目睹玉米籽干瘪的成熟
还有老人
不苟言笑的牙齿
这一切
让我们嫉恨
众鸟行窃的诡秘

依山而居的子孙
以掌抚摸古岩无可避免的自燃
肆风与火光的战斗
推翻着一切
一切黑暗中的传说

① 原文如此。——编者注。

葬　我 ①

葬我于秋日
于枫叶终于能落满坟茔的时候
不要鸟鸣
不要虫吟
请轻轻摇响山坡的树

一头乌黑只有在跳长发舞的时候
能够飘起
而生命中反复凝聚的怀念
与火光　与舞步
与头发拂过
有着必然的经久不息的联系

为我挡住风雨挡住所有的
丝丝缕缕好吗
因此
再没有什么与那日相似
没有相似的火光
没有相似的舞步
也没有那日头发拂你面容的时刻

为我挡住这一切
挡住　好吗
天堂之锁已经锈蚀
它被火烧得最烈的时候承受过
泪的冷却
有一个世界
因此与我无缘

不要再给我任何线索
也不要拨开杂草来索回些什么
不要
一头乌黑只有在跳长发舞的
时候
能够飘起
请葬我于秋日
于枫叶终于能够落满坟茔的
时候
不要鸟鸣
不要虫吟
请悄悄摇响山坡的树

---

①　选自《那时我们无歌可唱——"345"诗社作品选（1988~2012）》，华夏出版社 2012年版，第 42–43 页。

刘晓静 *

王子之歌 ①

终于
黑夜枯死
美妙的磷火烧成早晨
的骨头
在林间熠熠闪光

守夜的星群
退去　更深的黑夜
自天边排出
涨潮般　吞没
五月

无法不在枝头哭泣
醒来看见　一只美丽的子规
在陌生的北方
黑暗的枝头

* 刘晓静，笔名筱筱，中国政法大学 1990 级。

① 本诗发表于《中国政法大学校刊》（今《中国政法大学校报》）第 193 期第三版"诗歌专版"，1994 年 3 月 30 日出版。

暗哑的声音 不是诗

——弹响布道者光滑的前额

　　　圣诗剥落

城市走过年轻的剃发少年

头颅在阳光下

　　　世俗地闪耀

世俗的人群

遭遇痛苦的布道者

遭遇尾生 ①的幻灭

现代时钟加快的步伐

　　　追赶不上

隐遁山林

漫延的洪水淹灭了山林文明无孔不入

毁灭另一种文明

黑夜终于枯死

守夜星群退去

---

① 《庄子·盗跖》载："尾生与女子期于梁下，女子不来，水至不去，抱梁柱而死。"

飞　花 ①

阳光打在地上
这个冬天　第一场雪化尽的时候
冬青树　张开黄色帆船的翅膀
夜夜　弹响风

山色与天色在梦境失去声音
天际飘雪时
你纯净的面孔
点燃一季流光
那样　真让人感动

真的
午夜梦回
书本和日子　都很遥远
在时间之外　一张精美的
情感履历
递走　每个夜晚
不必声声歌唱
不去呻吟如水的月光
从午夜的堕落出发
从现在出发
让美丽的眼睛揖别

归之于平淡
归之于最初那扇干净的窗户

诗人在春天死去
(年轻的面孔们表情沉痛仿佛
很懂)
四月将很遥远
日子总是那么遥远
四月的阳光明媚
是最好的怀念
最深的祭典
女孩在窗前望见远山
诗人仰望蓝天　听见
死亡隆隆驶过
一代人　随雪光消失殆尽
透支了许多的灵魂

没有人问过
生命的颜色　那夜
躺在金黄的麦浪之上的
在风中　回故乡

---

①　选自《那时我们无歌可唱——"345"诗社作品选（1988~2012）》，华夏出版社 2012
年版，第 78-79 页。

悲　秋

寻　找 ①

午夜的钟声
敲碎你在水中的倒影
月光总照在迷路人的脸上
你拿着昨日早已凋尽的花枝
去寻找她生长的地方
不睡鸟的叫声
告诉你要去的方向
那里没有花朵
新生的草长在枯老的树干上
蜗牛回过头去看自己走过的路
并不觉冤枉

---

　　①　本诗发表于《中国政法大学校刊》（今《中国政法大学校报》）第 120 期第三版，
1990 年 10 月 11 日出版。

梅 琴

无 题 [①]

一个人单独
　　和自己在一起的时候
一抹淡而弱的月光
一丝夜风的清凉
　　撩拨了曾似坚果的心房
或许
　　只在此时
会有一种摇摇起伏的情思
宛若
　　秋水的潺湲
　　草韵的微茫
便如
　　蜉蝣般飘荡
　　蜉蝣般消亡
只为
　　追寻一个无法替代的冀望

---

①　本诗发表于《中国政法大学校刊》（今《中国政法大学校报》）第 122 期第三版，
1990 年 11 月 9 日出版。

你在我生命的远方 ①

我知道
你在那儿
在我生命的远方
静候着我
目光柔和
耐心宽容
你知道
我在这儿
在我生命源起的地方
企盼着你
心急如焚
却步履执着

我知道
你就在那儿
在我生命的远方
等着我

---

① 本诗发表于《中国政法大学校刊》（今《中国政法大学校报》）第 133 期第四版，1991 年 6 月 6 日出版。

李 云

纪念日 ①

不会长久，那时刻
为了信念而凌辱信念
如苍鹰扑向悬崖
打破大山坚固的神话
封闭的雄伟瀑布似地注入山涧
不再雄伟
地平线横过血锈
坟冢吞吐着一个个沉默的故事
如半掩的犁脱落的铁屑
眷恋着各自的主人
远处的丘陵站起弯曲的腿
估量曙光掠过的一切
眼里的呐喊怦动于万丛树梢
大地倒悬于空中失重
在纪念日
只有蝙蝠飞入飞出

---

① 本诗发表于《中国政法大学校刊》（今《中国政法大学校报》）第 126 期第四版，
1990 年 12 月 30 日出版。

海　客

存在的诗意 ①

一

一些事务与另外一些事务
这样就使存在
　　成为易于了解的事

而美丽的风景
　　使一位哲人痛哭流涕

让谁站在这里
　　扮演一名小丑比较合适

意象孤独地憔悴
　　却饱含感情
　　注视一具白皮棺椁
　　顺流而逝

---

① 本诗发表于《中国政法大学校刊》（今《中国政法大学校报》）第128期第三版"首届高校诗歌交流比赛获奖作品选登"，1991年3月20日出版。本诗在该比赛中获一等奖。

刹那太容易切断记忆
　　有山有水
你为何还呕吐嘶哑的喉咙

不是有狗
　　吠于你庭院的荫下吗
　　　　提问
　　回答
便碰破了存在的笛膜
还是让沉默开始唱歌吧

二

一想到鸡蛋里能产生生命
真使人不寒而栗

有人怀揣刀子
　　行走在纤细的钢丝上
一把蒙古人切肉吃的刀子
就这么轻轻一抹
喉管与河流便再无二致

一张薄纸裹着一颗子弹
柔软的树叶的灵魂中有一颗子弹
　　独自沉重
　　像一名青铜骑士

不妨这样理解生命
无论如何迫近地挤压
不过成就一张纸一片叶的灵魂

而叶只是梦境的一片象征
　　春生夏绿
　　知秋而陨
　　而渐渐透明
　　　渐渐消隐
那叶脉连同泪水回归的旅程

已发生的都发生在大雪之前
因为生命失踪的夜晚
　　没有人听到响声
　　也无人见到雪花飞舞

谢联灵

拾稻穗 ①

各种各样的歌声和着鸟啼　　　　宛如芭蕾女的白天鹅之舞
从十月的眼睛里美丽地　　　　　游移着阵阵淡淡的稻香
流出来　　　　　　　　　　　　这一切都让我感到亲切
收割后的田野仿佛初为人母
幸福而又寂寞　　　　　　　　　现在的人都不去拾稻穗了
在这涨红了脸的十月之末　　　　清贫的日子不会再来
　　　　　　　　　　　　　　　在收割得很空旷的田野里
齐齐整整的稻茬儿上面　　　　　几堆野火在木色中静静燃起

---

①　本诗发表于《中国政法大学校刊》（今《中国政法大学校报》）第 128 期第三版"首届高校诗歌交流比赛获奖作品选登"，1991 年 3 月 20 日出版。本诗在该比赛中获二等奖。

赤　雨

爱雪的孩子 ①

爱雪的孩子
孤独地行在飘飞的季节
伤感的口哨再也挽不住南去的鸟儿
剩歪斜的脚印无容抒写诗行

爱雪的孩子
孤独地行在飘飞的季节
潇洒的身影踩两行沉重的诗
在洁白的彷徨里失去了远方

---

① 本诗发表于《中国政法大学校刊》（今《中国政法大学校报》）第 147 期第三版，
1992 年 1 月 15 日出版。

禾　斗

难　民①

这伤心的船

将你摆渡上岸

你就失了业

你就放弃了家园

做梦也没想到

漂流了十几年

对于世界

你还是个陌生人

告别了一种苦难

又置身另一种苦难

零星的枪声

击穿你的口袋

走上这条路

没有谁苦苦逼迫你

你泪流满面

想想老父亲吧

---

① 　本诗发表于《中国政法大学校刊》（今《中国政法大学校报》）第 162 期第三版，
1992 年 11 月 10 日出版。

你真的不能回头

回头是自杀

相信战争早早晚晚

要泡进茶壶

你得把水烧开

别耸肩膀了

睁大你的眼睛看看

沧桑的足迹

落满山野

随便喊一声

你可以做个像样的首领

然后打到南方或者北方

也许五年也许十年

等到乡愁肥胖

儿子亮出枪口的时候

你就偷渡回家

那时有一棵树上

挂满一千条黄手帕

你苦难的妻子和母亲

坐在堂前包粽子

于是有个节日叫端午

元 刚

分居异地的妻子 ①

妻子秋水一样软软地笑　　　　　像此刻很细腻的味觉
她摘桔子的手　务必优雅　　　　用她羽毛般柔嫩的手
叽叽喳喳的桔子们和着
　　她花蕾般的叹息　　　　　　我心疼我的摘桔子的妻子
　　　　　　　　　　　　　　　她那高高隆起的肚子里
妻子秋阳一样暖暖地笑　　　　　有一枚我们精心选定的
把透红的桔子——扔给我　　　　最红最大的桔……
被一种爱烧红的炭要在
另一种爱的眼波里淬火　　　　　我用一只眼睛小心提防风雨
　　　　　　　　　　　　　　　　　　另一只眼睛始终静静地
真想变成一棵桔树　　　　　　　很轻　很甜地　看着
一辈子任她采摘　　　　　　　　我的　摘桔子的妻子

---

① 本诗发表于《中国政法大学校刊》（今《中国政法大学校报》）第 162 期第三版，
1992 年 11 月 10 日出版。

禾　参

有时，我们无知得像一种奇迹 [1]

在我不曾学会的微笑里　　　　才解释每个发芽的神话
总挤满你温暖的脚印　　　　　你记得那九月裸着
你以暗哑的声音　　　　　　　用泥巴涂改过的双脚
囚住我　因为　　　　　　　　晒着瘦削而阳刚的夕阳
我数不清天上的星辰　　　　　你说我们的歌声与泪水
在一个共同的院落里　　　　　都红高粱般熟透了
我们很久地徘徊　　　　　　　哦　长风如袖
我在哪儿为什么不去　　　　　纵能拭去我软弱的叹息
你在哪儿为什么不来　　　　　又怎能摇落一些人
那些隐约的月光啊　　　　　　无罪却没有人性的帆
曾是一条晦涩的路呢　　　　　我说要是你还不让道路
你我都有自己的苦难　　　　　在我眼前展开
可是为什么叫　　　　　　　　哪怕当尽骨髓我也不会
我真诚得让你无法真诚　　　　放过你冠冕堂皇的谎言
你是一条虚构的街巷吗　　　　还是让我们握手吧你这
总是划破每一座小城　　　　　无知的我的不错的朋友

---

[1]　本诗发表于《中国政法大学校刊》（今《中国政法大学校报》）第 165 期第三版，1992 年 12 月 30 日出版。

野　人

等待一位守夜老人 ①

等待一位守夜老人
这些苹花，优雅白净

在滴露的清晨，宁静地开放
却又沉默，在白粥，喧嚣如芒
穿出黄昏尘雾漫漫的殿堂
欢欣，闪耀，在淳淳夜色之上——

越过沉默的栅篱
夜中的精灵临空飞举
布满清月的光辉
他们滴洒音乐，洒满园中空地

折射的阳光在黑夜之园充满喜庆

等待一位守夜老人
我伤痛缠身骨瘦如柴

---

① 本诗发表于《中国政法大学校刊》（今《中国政法大学校报》）第 176 期第三版 "青春的抗争" 诗歌专题，1993 年 6 月 25 日出版。

有些野兽占住心胸
扬言要传宗接代——

哦，我吹弹得破的心胸

踱入黑夜之园
沉默的花绽在喧嚣之树
喧嚣之花孕着沉默的果
黑夜之上，丰腴的果实，无人采摘

等待一位守夜老人
唱着忧郁的挽歌，朴实又深沉

埋葬我，在这园中
滋长苹花与月华的地层
梦寐与爱情，伤痛和寂寞
都将融化于水，或者奉献诗歌之神

等待一位守夜老人
这些苹花，优雅白净

姜凯志

飘的形式 ①

最初的飘流，
一条小船横亘海上。
——题记

浩浩大洋
一舟摇曳燃放星火
拿帆作窗
以海为床

鸥鸟的嚣鸣先于浪头
飞花游弋跃上甲板
小船脊背灵秀也光纤

一条追逐落水之日的鱼
驾着健马的双足驰骋

于幽蓝幽蓝的水之上
小船舒展四肢风姿赛凰

---

① 本诗发表于《中国政法大学校刊》（今《中国政法大学校报》）第 176 期第三版 "青春的抗争" 诗歌专题，1993 年 6 月 25 日出版。

同浩淼明灭
同天地荣枯

自飘流之日月亮水雾升
起 桅杆升起
薄陆的影子随波逐流

小船若沉若浮
小船载欣载奔
汲古酒沿霞端飘逸
温酒香播向四方

天边飘来的小船胴体
发光

于晨曦中下水的纸板
推送不远万里后的小船
血迹墨迹点点滴滴

碎浪破去
大麦与割刀的火记
昭然若画
小船朝圣而去

小船轻快无比
小船心沉大海

泊在白花深处的港市
小船倦如病夫
小船静若处子

任建华＊

三月的诗笺 ①

黑夜是高原最美的衣裳

黑夜打湿我三月的诗笺

三月是网上的洞

三月是霓裳舞曲的音符

孩子们在三月里聚拢

天空在三月里相爱

三月的风筝在村庄的头顶徘徊

眺望二月，擦肩而过的人群

潸然泪下的三月啊

在四月争俏的枝头

布谷鸟的鸣啁打湿了整片阳坡的谷地

四处奔波的田鼠

吐纳着温暖的地气

＊ 任建华，笔名哥们。

① 本诗发表于《中国政法大学校刊》（今《中国政法大学校报》）第 196 期第四版，
1994 年 4 月 30 日出版。作者原注释："一点注释：在三月的阳光下，我还原于幸福、记忆和
诗歌。三月，我们看不白彼此的容颜，只有光环，灿烂炫目的光环。有七尺莲台，款款移步
的凡尘女子自我们久远的心里姗姗而来。岁月的河流在阳光下升华为无边无际的天空。"

在四月的枝头
有雁字声声
有青草漫过鸦雀洼的山坡
犁铧舒展的大地
在泥土的深处
阳光窃窃私语的沟畦
房屋的八脚虫狂歌滥舞

拽着三月的尾巴
犍牛的尾巴
儿子醉倒的芬芳的灌木林里
黑夜是农夫飘飞的衣袂
我目睹三月绚烂的阳光
轻轻打上星月的面颊

1994. 3. 21

王子情节 ①

（或纪念顾城）

火焰是我们诗歌唯一的读者

——顾城

仿佛　极涩极滞
由南而北的寒流
漫过了赤道
我们共坐在牛背上
凝视雨后的蚁群
天凉好个秋的春天
我顺着白缕
触觉到诗歌的骨头

迁徙的鸟儿
倦怠飞翔　从
黎明到黄昏　只是
两段空间的距离
一天的过程
就可以从冬天走进
春天　兽奶中
你尝到了历史的血和泪
斑斑驳驳
童话里坏蛋挥舞着锐器

我梦见自己枯立
像位失去白马的王子
牛羊、蝌蚪和佩剑
给我讲篱笆墙
故事和影子，以及
京戏里的
霸王和虞姬

大风起兮的时候
乌云飞扬
我使女人告别了我
无风无息的月夜
透过地球的窗子
习惯黑暗的眼睛
习惯了，乌鸦和猫头鹰
相视窃笑
我发觉直如铜丝的我
屈跪在女神的门前

---

① 选自《那时我们无歌可唱——"345"诗社作品选（1988~2012）》，华夏出版社 2012 年版，第 73-74 页。

赵海峰

等　候①

等候②鸟儿的回归
在这初冬的季节
河流滑过这片荒芜的原野③
叶子洒落其上
随风而动

我④便是这初冬的过客
在雪地中蹒行
你温柔的怀抱
是我渴求已久的驿站

等候你的归来
坐在这条河流的尽头⑤

---

① 本诗发表于《中国政法大学校刊》（今《中国政法大学校报》）第 240 期第四版，1995 年 12 月 30 日出版；收录于《那时我们无歌可唱——"345" 诗社作品选（1988～2012）》，华夏出版社 2012 年版，第 88 页，题为"等待"。

② 收录于《那时我们无歌可唱——"345" 诗社作品选（1988～2012）》时作"等待"。——编者注。

③ 收录于《那时我们无歌可唱——"345" 诗社作品选（1988～2012）》时作"田野"。——编者注。

④ 收录于《那时我们无歌可唱——"345" 诗社作品选（1988～2012）》时本句作"你便是这初冬的过客"。——编者注。

⑤ 收录于《那时我们无歌可唱——"345" 诗社作品选（1988～2012）》时本句作"坐于此河流的尽头"。——编者注。

席地而望
天空依旧湛蓝

阳光灿烂洒入心脏 ①
我醉倒在这初冬的冰上
万物静寂
雪水悄然掩埋我的尸体
若干年后
一个少女在这里低声轻唱
我的泪水涌动 ②
只是无法悲伤

---

① 收录于《那时我们无歌可唱——"345"诗社作品选（1988~2012）》时本句作"阳光灿烂而入心脏"。——编者注。
② 收录于《那时我们无歌可唱——"345"诗社作品选（1988~2012）》时本句作"我将泪水涌动"。——编者注。

黄冀军

民乐三题 ①

一

请你静听 月光如雨
谁在将琵琶轻轻拨弄
仿佛孤雁吟风啼云地飞
是什么　惹起伤感的秋水
今宵 ② 我是湿淋淋的蕉叶
不必再演绎落叶寒灯
三两颗泪珠捉起的闲愁
有谁能以断弦处弹出

二

这弓弦上的颤栗是歌吗
泉鸣和松潮
挟着悲苦和怆心
从弦的另一端　向我袭来

---

① 本诗发表于《中国政法大学校刊》（今《中国政法大学校报》）第 193 期第三版"诗歌专版"，1994 年 3 月 30 日出版。
② 原文为"今霄"，疑为排印错误，酌改为"今宵"。——编者注。

惠山①顶圈起的孤坟
（已不垒有那笃笃竹音）
将月下明泉　听松凉石
呻吟成最伤人的琴音
夜夜弥漫

三

帝王梦醒又睡了
梨园②子弟将残曲吹弹起来
倚栏的新妆舞弄起的清影
掩不住　车辚辚马萧萧的恸哭
和胡骑踏响的渔阳声鼓③
原来　蟾宫的乐曲
也不过是《后庭花》的一个变音

---

①　著名民间音乐家华彦钧（阿炳）的故乡无锡惠山，其代表作《二泉映月》中的"二泉"即是有"天下第二泉"之称的无锡惠山泉。华彦钧墓在惠山上。——编者注。
②　原文为"犁园"，疑为排印错误，酌改为"梨园"。——编者注。
③　此处疑为"渔阳鼙鼓"之讹。——编者注。

放逐的冬季①

我注定像雁阵一样飞翔，追逐故乡。

——题记

涂抹少女双颊的太阳火焰
将干燥的黄土燃烧　一如盛大的血祭
轩辕树下苍白的族人
挺立起放逐后最后一根脊梁
蹒跚而行

我从来处来，我到去处去
朝圣者自远方踏歌而行　双目皆窗
空旷田野升腾起灼热的黑暗
易水边的行囊　空空如风
我掬水一捧占卜我明日的行程

高原上逐日而息的臣民
泥土的头颅昂起　背向太阳
从不流浪　他们从不知道故乡
黄昏点亮昏黄　季风觅缝而入
落一地黄色的肌肤
我　不寒而栗

旋舞，旋舞
美丽的白天鹅旋舞中力竭而亡

---

① 本诗发表于《中国政法大学校刊》（今《中国政法大学校报》）第 240 期第四版，1995 年 12 月 30 日出版；收录于《那时我们无歌可唱——"345"诗社作品选（1988～2012）》，华夏出版社 2012 年版，第 89-90 页。

飘零的羽翼覆盖一切轨迹
　人和兽走过的轨迹　诗歌的轨迹
　　　　　　　　太阳的轨迹

北风吹过
融雪的声音冻结我的窗子
季节的囚徒偻伏诗歌的陷阱
和美丽一起匍匐死去

太阳的眼睛开满我的家园
天涯不再遥远
发际雏菊羽化　太阳的眼睛
我的眼睛　和太阳一起落下
我的纸鸢挣断我的白发我的手
孤飞雨夜
阵痛中　诗歌负子远行

我在气息中滑翔　和猎捕的鹰
猎捕诗歌远去的航向
龟裂的大地　我一饮而尽
夸父的血液浅浅深深流淌
凝结时光飞箭的太阳光芒
穿空刺过
手执诗歌的金缕　我坠地而亡

放逐的冬季　没有故乡诗歌的故乡
　　　　　　　　我的故乡

刘松山

与一粒雪片不期而遇 ①

起风的黄昏　雁阵翔舞而去
家园归于寂静　有鸦低回
曲尽缠绵地翻看日历
预备从洼地起程
一路寻找几份自慰
大风吹过
身后的林子披头散发
在城市的夜空　我心怀皓月
与一粒雪片不期而遇
泪落尘埃　我念起瘦的秋水
掌心的爱情　让我欲言又止

雪片　季节的星辰
以一种象征的姿势
走遍时空
阳光拒绝你　诗人追逐你
城市的病容　为一束鲜花
在波心照耀你
美丽　不能缺少一粒雪片
种子　不能缺少一粒雪片
雪片　走过一段沧桑之旅
在对炊烟的怀念中
你令人辗转反侧

---

① 本诗发表于《中国政法大学校刊》（今《中国政法大学校报》）第 186 期第四版，
1993 年 12 月 10 日出版。

阿 云

歌咏比赛场面有感 ①

遥远的梦
在霓裳羽衣中
徐徐绽开
透明的芳香
在如水月光里
逍遥地徘徊
黑黑的地平线乍醒
在天边不安地悸动
红色波涛滚涌千顷

一条生命的河，源于
北平苍白的朔风中
冲破半个世纪的冰封

泛滥五十余年的春潮
而今，注到这小小的舞台
天地的一角

雄浑的河面上
火，幽幽地游荡
灼痛每一颗饱含雨水的心

黑幕布自天而降
得意地遮蔽了一段阳光
遮蔽了所有渴望流泪的眼睛
一束紫藤，迅速攀援而上
秀美的花儿在幕上轻轻摇曳

---

① 本诗发表于《中国政法大学校刊》（今《中国政法大学校报》）第 187 期第四版，
1993 年 12 月 20 日出版。

江 淮

焚烧村庄 ①

（组诗选二）

沼 泽

沼泽和井　血污和星
察觉那气氛的声音
领略创痛
就这样从流浪到流浪之间
从孤独的梦到孤独的醒

掀起生命的披风
让我看一眼死亡

草原和麦地，无水的河和北极星
斧头，柴和海边的桃花
驿道上纷沓的马蹄
在你疏落的指纹里　抽出一条
看一看那是怎样的宿命

---

① 本诗发表于《中国政法大学校刊》（今《中国政法大学校报》）第 193 期第三版"诗歌专版"，1994 年 3 月 30 日出版。

在三月临风的枝头
如何
居住一个灵魂

当我比你丑陋
我深爱你容颜的姣好
当我比你罪恶
我钦佩你的善良和高尚

不是作为诗人
而是作为浪子
不是作为青春　而是皱纹
找不出一丝朝气
而是面容沧桑
你，诀别翅膀　诀别
每个日子里必须的认输和含笑
去接受一个冰冷的怀抱

在我的面颊上　有你们
丑陋的脸
在我的生命中　有你们衰败的基因
世界善于伪装
你究竟是什么形象

你的忧郁在你深处的泥土里
使我无法诠释出你的根

阿波罗　你的名字代表
壮士的血　先锋　太阳的事业
翻腾在爱琴海的风浪中

沙　漠

人们把你放在村庄
秋风吹拂的北方
神祇从四方而来　往八方而去
经过村庄后杳无音信

在沙漠中寻找记忆　砾石——
风化在山间的历史
在泉水中找到失望的眼　众鸟纷飞——
寻常气候的清晨
把一个悲惨的景象
升起在树影摇撼的山林
大火从林中涌出
焚烧你的灵魂

据说这一天
太阳神——你的父亲
褪去了头上的光圈
陷入忧虑

诗人都是忍出来的

在家的身后是信札和诗章
混淆昨夜的残骸

是世纪末的沉痛与悲伤
环绕你的名字——是死
不知名的鬼魅的哭
泪水注入大地

郭　宇

黑夜的献诗 [①]
（组诗选一）

自　白

我是黑夜的儿子　我是
黑夜的战神
众神之中我最为凄美
我驾七匹麒麟拉着的战车
飞跃众神之山　天马行空
众山之神都向我跪拜
一双黑色的忧郁的眼睛

我以其目光为戟
　　　与三月的阴影作战
　　　与阳光的阴影作战
我以其目光为炬
　　　谁给我殷实的家园
　　　今夜我要将它付之一炬

---

① 本诗发表于《中国政法大学校刊》（今《中国政法大学校报》）第 193 期第三版"诗歌专版"，1994 年 3 月 30 日出版。

阴影落荒而逃　盔甲弃散
火光中有我目光迥然　火光中
有风尘女子飘然而至
　　　　飘然而至中我泪洒三千
众神逡巡于大地　面目全非
众神之中　谁为犹大

我为捍卫生命而牺牲生命
我为捍卫至贞至爱而割舍至贞至爱
或者血　或者铁
阳光下我无法贞洁　空守尘世
我如荒谷中一头迅速衰老的狮子
　　何以面朝大海
　　何以春暖花开

克城子

一九九四年诗抄 ①

深夜醉酒
独自穿越人行道
夜莺的呢喃八方薄近
　　　　零落成潮涌的黑暗
　　　　光明的黑暗
　　　　睡眠的黑暗

中国冰冷的秦俑
从古至今霜色重重
一世的季节
半生的秋
书典腐烂了童贞
　　　　疏远了心
人们在最美的时刻
——引吭高歌

---

① 本诗发表于《中国政法大学校刊》（今《中国政法大学校报》）第 193 期第三版"诗歌专版"，1994 年 3 月 30 日出版。

雨　蕉

女　儿 ①

是秋月弹落的琴音
是水上浓密的黑夜
如此　我不能忘却
七月的白杨　有一双
忧郁的眼睛
远方　你缠着黑发
从水上走来

---

①　本诗发表于《中国政法大学校刊》（今《中国政法大学校报》）第 193 期第三版"诗歌专版"，1994 年 3 月 30 日出版。

我坐在无边的黑暗里 ①

我坐在无边的黑暗里
思念
思念那不知名的
开在我心上的花儿
如今
在何处徐徐绽放
如一缕月光穿透淡抹的
薄纱
在那不知名的河水上
悠悠放香　悠悠放香

我渡了桨儿　　越过
淡蓝色的河水
（听着风吹过）
就在我回头的刹那

你的莲衣啊
轻轻掀起
水中的涟漪荡漾
你如许的芬芳

你的忧伤
张在黑暗里
贴近大地
谛听
谁是我的心儿
我的心儿啊
是黄昏的跌落
是那黄昏天和地的
交接

---

① 本诗发表于《中国政法大学校刊》（今《中国政法大学校报》）第 240 期第四版，
1995 年 12 月 30 日出版。

卢 伟

故　里[①]

亲人们随烟柱袅袅
潜入墓地
论生命的掌纹
汇入一片黑色的沼泽
折射出黄昏的野草
随阳光流逝
感受一丝淡淡的忧郁
清晨，远离此地
如同心跳远离一次主题
哭泣吧，孩子

否则我们用什么去点缀城市
街道不规则地散布于田野
自麦地到水边
便是维系这一生的
我的音乐季节
听钟声奔波，号叫于田埂之下
吻遍庄稼那远不可及的生命
任爱情流落南方
我的最后一个故里

---

① 本诗发表于《中国政法大学校刊》（今《中国政法大学校报》）第 193 期第三版"诗歌专版"，1994 年 3 月 30 日出版。

李继华

我读长城 ①

秦始皇的魂灵，蜿蜒向东
两千年
大风起兮，雕弓挽起
唐宗宋祖可知海水——
苦兮甜兮

两千岁，长城，有多重啊
你弓曲着脊背和灵魂挣扎

我挣扎着弯曲的脊背和灵魂的
叹息
黑白元首的笑和飞车人的脚
敲击着我的额头
夜夜发烧
你说，长城、长城
要不要喝一口东海的水呢

---

① 本诗发表于《中国政法大学校刊》（今《中国政法大学校报》）第 198 期第四版，1994 年 5 月 20 日出版。

陈　妙

海誓山盟①

海誓山盟——
一句无法转述沧桑②的
古相思曲
那一种岁岁年年编织成的单一
只为有了回忆而不再是
铿鞑的钟鼓　窾坎的木鱼③

没有你
我却握着那句早已冰冷的话
等待，用整个世界换一个你
等待，沧桑之后
以我的长发织你的冬衣

　　① 本诗发表于《中国政法大学校刊》（今《中国政法大学校报》）第 206 期第四版，1994
年 10 月 10 日出版。
　　② 原文为"苍桑"，疑为排印错误，酌改为"沧桑"。——编者注。
　　③【宋】苏轼《石钟山记》："舟回至两山间，将入港口，有大石当中流，可坐百人，空中
而多窍，与风水相吞吐，有窾坎镗鞳之声，与向之噌吰者相应，如乐作焉。"

三少心青

我们的校园 ①

你的冬天冷净明晰
仿佛一块轻灵的寒玉，
你的秋天爽阔凌厉
俨然风霜浸透的老父，
你的夏天丰茂热烈
宛如年当风华的少女，
你的春天柳嫩花绽
是一段妙曼抒情的小曲。

啊，我的校园，
谁不愿把情怀向你展露？
春秋三度
我常流零汀的愁绪
当荒野从你额关 ②飘落；
失望的严冰在心湖上密布
当浓霜挂上你娇美的容颜；

---

① 本诗发表于《中国政法大学校刊》（今《中国政法大学校报》）第 208 期第四版，1994 年 10 月 20 日出版。
② 原文如此。——编者注。

我曾怒目瞠世 沉默不语
固了你的落寞和孤独。

啊，我的校园，
哪一片绿叶未经我的凝视？
哪一方碧空不弥漫我的幽思？
是你！
是你孕育我一怀纯净的精神，
是你激动我一腔喷涌的热情；
这条洁静的野径，
你和我一起选择：
前面会有险峰和狂涛，
未来的遭遇谁料得到？
可我不怕荆棘划破奋进的脚，
更不怕潜伏的毒蛇和虎豹！
这条路呵，
增添我绵延的信心和勇毅，
一旦选定，
决不再返顾；
但我永远不会忘记：
啊，我的校园
我从这里起步！

春不觉

歌 ①

——回忆我的母亲

总是在这幽褐的摇篮边
捡拾一些往昔的卵石
而你优越的双手
则在石音清脆的背景中飘幻

老天都把自己
系在你的白发上
想起它是怎样地
将阳光和欢乐
嫁接在一束丝线上
为我编织一把慈爱的伞

听惯了你不泯的琴声
那里有流萤与星星捉迷藏的游戏
我乘着你的目光去寻觅海天相接的一线

---

① 本诗发表于《中国政法大学校刊》（今《中国政法大学校报》）第 214 期第四版，
1994 年 12 月 20 日出版。

在我途经的每个地方
都有布置好的背景
循回 ①演出　而我
听惯了你　不泯的琴声

是你把那首最恒久的乐曲
摇成一尊永远的灯塔
在地球的每个角落
都可看得见导航的灯光

以树根拥抱大地的方式
我在你乐韵的牵引中
向童年的心境渐渐驶拢
因为时间是圆的
我的绳缆
只能绑结在你孤独而荒凉的窗棂

为了拜献这份康乃馨
泪的泉源弥漫了我的心情
为自己作一次洗礼
以便再叫一声

哦！母亲——

---

① 原文如此。——编者注。

校园民谣①

你们是一簇
被梦幻笼罩着的巴蕉②
温润的风雨
浴泽了你们青翠的面具

这是太阳和月亮之间
没有铺棉被的摇篮
你们优越地建造自己的白屋
波光脉脉的湖泊淙淙的溪以及
弥漫着鸟语花香的菩提林

你们用眼睛
将自己的田园与外界分离

又沿着渐至泥泞的路
做一次无端的跋涉

但你们的心境啊
——巴蕉树上永远的果晶
没有荒原和黑鸦的哀鸣
只有任凭斯人咏吟的
阴郁舞台

而你们
是一簇在戏剧的港湾里
梦呓的巴蕉

---

① 本诗发表于《中国政法大学校刊》（今《中国政法大学校报》）第 223 期第四版，1995
年 5 月 10 日出版。
② 原文如此，应为特定年代的用法，今多用"芭蕉"。——编者注。

赵中鹏

我看见桃花盛开 ①

玻璃杯碎了
美丽四处泼洒
再不会有只大手
攥住自由

我看见
桃花
盛开

---

① 本诗发表于《中国政法大学校刊》（今《中国政法大学校报》）第 218 期第四版，1995 年 3 月 20 日出版。

舒 生

航行欧罗巴 [1]

冷僻的书　　　　　　　　　　　朦胧细雨斑彩色蝴蝶远逝
揭过欧洲的陆地　　　　　　　　歌乐与坝，一路大诗千里
海洋的远方
一支洞箫　　　　　　　　　　　地中海帆动如阵
扑腾腾，展现　　　　　　　　　排排翻滚，鸥鸟嘶鸣
群鸽高飞，没有天际　　　　　　温暖一缕私语
　　　　　　　　　　　　　　　无尽的山峦静止
这是世纪的风　　　　　　　　　星光与颜色归去
悠扬起中国的思恋　　　　　　　缓行的人们
老人的故事　　　　　　　　　　点燃蜡烛成行
惊动甜醒的婴儿　　　　　　　　森林断了，晨风依稀
长城城长

---

[1]　本诗发表于《中国政法大学校刊》（今《中国政法大学校报》）第 220 期第四版，1995 年 4 月 10 日出版。

文 南

无言的结局 ①

风雨渐渐无声
收拢的花伞
讲完了夏天的故事
夏雨已填满了秋池
积水读着发黄的歌
雨水冷白了谱
柔风扯断了弦
风雨荡涤着记忆
仍续不上那段故事最完美的结局
只能无声地
从初夏走来在秋后走去
心被泪抽动
点点滴滴

---

① 本诗发表于《中国政法大学校刊》（今《中国政法大学校报》）第 234 期第四版，
1995 年 10 月 30 日出版。

李劲松

生命的飞翔 ①

（组诗选一）

可是船，船
鸟从海中飞来
又从舷上飞走
禅意的苦涩与灵魂对称
世界的背影一天天弯曲
将一支利箭射入灵魂
可是船，船
这满载文明的质朴形状
如今载不动生的幸福与苦难
曾温暖举小儿过头顶的双手
在奔向文明的急速行进中

只握住些许散碎的阳光
这个过程只有鸟看到
但鸟无法同一只船相比
只有高飞，高飞
攫取云朵一片
滋润干涸的河床
像抽打一头迷途的头羊
抽打那匹精神之马
草原，上升到蔚蓝的天空
烟囱、摩天大楼　这城市之树
阻挡我的蹄纵横驰骋

① 选自《那时我们无歌可唱——"345"诗社作品选（1988～2012）》，华夏出版社2012 年版，第 91 页。

第五部分

新世纪之歌

不，不是那些

空中或水上飘浮的音符

我的回忆在一片薄雾中开花的茉莉地

倏尔而歌唱

又远去在风里

——何湘晖《为家园的歌唱》

何湘晖 *

为家园的歌唱 ①

不，不是那些
空中或水上飘浮的音符
我的回忆在一片薄雾中开花的茉莉地
倏尔而歌唱
又远去在风里

从那片土地所采撷的每一白色花瓣
我思念，乡亲双手捧起的粗瓷杯里
花香如河
渐渐老去的父母双鬓染白
河流尽头我彻夜难眠，喉头哽咽

那是守护我的神，我的家园
每一个窗口看着季节逃走
随手写下的诗句转眼离我远去
月色的苍白难以告慰

---

* 何湘晖，笔名黑黑，中国政法大学 1993 级。现为公务员。

① 本诗发表于《中国政法大学校刊》（今《中国政法大学校报》）第 235 期第四版，1995 年 11 月 10 日出版。

天边再次有七只鸽子飞来，羽毛如雪
伸出双手，放飞青春的忧郁
我愿还原第一日的纯洁

这样的夜晚
谁在黑暗深处叩响了古筝
而我凭一朵白色的小花就可怀乡！
穿透无边夜色包围的
千里之外故乡门缝里透出桔黄光晕
那里，每一棵树下，每一缕风里
亲人和朋友默念我的名字
忠诚守候的目光
润湿北方的晴空
而茉莉地，茉莉地
即使在我生命最不积极的时候
那温馨而亲切的气息
还在与我一同静静呼吸

（家乡的城郊，种有大片的茉莉以卖花做茶，开花时节，非常美丽。）

春　天 ①

所有如昙花一念之间骤然放出的
所有掬起冰凉雪水彻顶洗涤的
所有被依然不驯的风穿透的
你看到翻过的悲剧时代
一根背面而立的蓝色的草
跃入星空的燃烧
渴望的都是什么
斜倚最后的悬崖和海岸
众神于光明之巅守候
新生的力量出自水底
等待　但是初始的天地无言
刺穿秋水言语胆战心惊的飘雪

在子夜所遭遇的那场大雪
降下妥协的旗帜
我以透明的血液将谁覆盖
奔跑的脚步无法喻示
一双透过墙壁，透过画框的目光
揭开关于鹿
一列临风驰动的列车的梦境

谁看见我的双手痉挛　我无法遮盖
一切都是未被饶恕的
河流后的源头是否凝结某个古老的
传说
树木的尸骸顺流漂来
以你的方式打量
百代过客成泥土，一枕黄粱在瞬息
那独自飘飞漫天风絮呵
黑色是初民的土地，红色是火，
白色是雪
浇灌绿色的信念
一切都整理好吧
等待万物神祇唤醒

给我这季的风沙
彻夜无眠挑灯细读的书卷
十二盏灯，十二扇门，十二只云雀
今夜西风吹开一地花蕾
起身的人
还将踏上漫漫的旅程

---

　　① 选自《那时我们无歌可唱——"345"诗社作品选（1988~2012）》，华夏出版社 2012
年版，第 94-95 页。

陈　默 *

月三章 ①

一

我要做西去的圣僧

吸取大泽

哺乳东方的石林

背负的庙宇

如祖宗紧裹的山洞和陵墓

满腔忧悯

黑与白前后分开

中间的行者

蓦然回首

头颅戴起

黄昏缩成的

月啊

我辉煌的冕

每一次加临

都让我发丝葱茏

三千美丽纷披大地

　*　陈默，中国政法大学 1994 级。
　①　选自《那时我们无歌可唱——"345"诗社作品选（1988~2012）》，华夏出版社 2012 年版，第 96~97 页。

二

我擎药走过
传递白色的歌回到众生的口中
苦难之后
七彩的风点燃枝头
穿过灵魂的祭日
和时间的鼻孔
遗世的行者
向仰已久
桂树绽开
众星捧出的
月啊
我圣洁的冕
夜缩成我孤独的暗影
踏光而行

三

众神环列
古国的山脉举起
我苍凉的躯体
向高空和鹰奉献祭礼
汹涌的山脉
熄灭残阳之雪
古人与来者左右分开
中间的行者
寂寞万状
云中生下
青鸟衔来的
月啊
我不朽的爱
在矿脉的泉水中
接近墓中我不灭的眼睛

胡洪泉 *

生　日①

这一日
我还是该感谢
虽然我一无所有　甚至
作不了我身体的主
但我还是该感谢
有血液从我的体上流过

我还是该感谢
能在痛苦与幸福的交错中
看到生命的光
于是流浪不算什么
安家　也不是梦里的神话

还是该感谢
阳光从此处落下
我还是该感谢
也许在这一天我什么也没有做
只是被赋予了生命与梦中的
太阳
而长大后
经历的是无奈和痛苦
我还是该感谢

---

* 胡洪泉，笔名泉儿，中国政法大学 1994 级。
① 本诗发表于《中国政法大学校刊》（今《中国政法大学校报》）第 266 期第四版，
1996 年 12 月 30 日出版。

王的故事（之一）①

王在昨夜零时　　　　　　　王再也不拥有河流
失去祖辈的宝座　　　　　　甚至也没有泪水
王在昨夜零时　　　　　　　王昨夜没有整装
扯碎所有头发　　　　　　　零时以后走下宝座
王昨夜面对月亮　　　　　　回头一望
让头痛哭　　　　　　　　　却永远失去
　　　　　　　　　　　　　王只有失去

王在高山巅　流水旁
拄着拐杖　歌唱疆土　　　　王在月亮下
王在星夜零时以后　　　　　数数属于自己的面孔
歌唱疆土　乞讨疆土　　　　数得清的人里
王在自己的土上　欢乐悲伤　却少一个

王举起自己　　　　　　　　王拄着拐杖
寂寞的十指　　　　　　　　数点臣民疆土
十指再也摸不到头发　　　　宽广的月色下
也洗不去指上的肮脏　　　　总是少一个

---

① 选自《那时我们无歌可唱——"345"诗社作品选（1988～2012）》，华夏出版社 2012 年版，第 126-127 页。

黄　燕[*]

祝　福^①

晚祷的钟声在夕阳中敲响
空气与水上栖息着许多流浪的灵魂
在这样的季节
关于二月里破土而出的第一颗新芽
关于五月里枝头的如星繁花
都以无言的方式嵌入秋日里最后的阳光
所有的叹息都显出
生命写满感谢与丰盈
我思念　远方耕劳的父辈
泥土的气息
使他们高贵如神祇
坚实沉默又如那些土地
粗糙的双手捧着饱满的谷粒
比语言更省力 ^②地述说艰辛与期待

———————
　＊　黄燕，中国政法大学 1994 级。
　①　本诗发表于《中国政法大学校刊》（今《中国政法大学校报》）第 291 期第四版，1997 年 12 月 10 日出版；收录于《那时我们无歌可唱——"345"诗社作品选（1988～2012）》，华夏出版社 2012 年版，第 129-130 页。
　②　此处"省力"收录于《那时我们无歌可唱——"345"诗社作品选（1988～2012）》时作"有力"。——编者注。

而面对那些渐老的容颜
我却只能泪流满面
我知道　丰收之后的土地将是荒凉 ①

在安详的晚钟产生 ②
我以一种感恩的心情上路
遥望远方的土地
泪水滴落为徐徐的祝福

---

①　海子所著《黑夜的献诗——献给黑夜的女儿》："丰收之后荒凉的大地/人们取走了一年的收成/取走了粮食骑走了马。"

②　本句收录于《那时我们无歌可唱——"345"诗社作品选（1988~2012）》时作"在安详的晚钟里"。

田　子

月亮　麦子 ①

你的月亮
是打造得闪亮的镰刀
收割我田野的麦子
麦子熟了
成片成片的麦子
像天空中起落的群鸟

你的月亮啊
是我酒杯里安坐的新娘

照亮我的麦场
在家乡的水里

点亮我们的灯
水里燃烧的

温暖且凄凉
月亮的芒　麦子的芒
会如何穿透我们的心脏

---

① 选自《那时我们无歌可唱——"345"诗社作品选（1988～2012）》，华夏出版社2012年版，第99页。

翟建立 *

来 者 ①

鸿蒙之初，混沌之末
某个疲倦的黄昏，天穹暗合大地
来者来了

来者来了
来者有着身外之玉
光芒闪烁
羽毛，河流，风中之花
皆被无视而过

来者会很孤独
带着他的辉煌之名
——来者来者
大地静默，声在身之外
来者仰视天宇，环视周廓

* 翟建立，笔名蒲苇。
① 本诗发表于《中国政法大学校刊》（今《中国政法大学校报》）第 240 期第四版，
1995 年 12 月 30 日出版。

无人居于四际
无人呼唤以享此名

纪元几十度
万物各得其名
人用几千种语言将来者庸俗
来者之名，永失其光
我们至今不能以自我之尊
还其神圣

来者来者，万古之渊啊
你在当初为何召唤
另一个来者
你应登高
你应向前绝望

来者来了
来者一回望
即被自己之名所杀
一地的血
血无血之名

夜 歌①

不眠的人总是
轻手轻脚走向西窗
推窗而见月
清风徐来
梧桐叶在温柔月色中
颤栗

远处有人提着灯笼
走上小桥
这时总想
点燃一把艾草
为这月色祈祷
为这大地歌唱②
桃李不言
周寂沉静，脱离尘嚣
而你是一片影子
孤独得不能确立

如果在五月六月
会有布谷伴唱
它们耐心和美
歌唱秧长麦黄

所以
你不能辜负某种美意
不要再在台灯前枯坐
不要在书中寻找夜莺

走上阳台或者
走出门外
听听什么东西
从身上剥落
然后掉在地上
像一片树叶
没有苍老的声音
在旁边

---

① 本诗发表于《中国政法大学校刊》（今《中国政法大学校报》）第 263 期第四版，1996 年 11 月 30 日出版，署名"蒲苇"；收录于《那时我们无歌可唱——"345"诗社作品选（1988~2012）》，华夏出版社 2012 年版，第 100-101 页。

② 本句收录于《那时我们无歌可唱——"345"诗社作品选（1988~2012）》时无。——编者注。

多 于

十七世纪日本禅歌 ^①

学禅的人未曾想　　　　　　活着的人做着
能够超越死亡　　　　　　　杀身成婴的梦想
禅者的宁静　　　　　　　　活着便是没有神的禅
一如月下昙花　　　　　　　禅光穿檐入室
　　　　　　　　　　　　　祭坛香烟氤氲

活着的人在某个年代
讴歌生命　　　　　　　　　长夜不尽　月华如练
那是　　　　　　　　　　　阳光一去不返
菩提树下文火新茶　　　　　活着的人
　　　　　　　　　　　　　向月而泣

雏鸡　稚子　乳燕　耋翁
那是
山阴　黛石　卧雪
清泉一泻千年

① 选自《那时我们无歌可唱——"345"诗社作品选（1988~2012）》，华夏出版社 2012 年版，第 109-110 页。

傲　紫

雨季乡心 ①

昨夜的心情　作一次醉了酒
的风
踉跄狭长的街巷
西北的高楼　轻烟散尽
孔雀归飞
遗落他乡北风猎猎中
阳关亦非歌

箫孔中的吴越　水一样清亮的眼眸
长发及地，及地
东风均匀卷过

一般的絮飞香坠
江南难羁

驻颜雨季
乡心湿成一本亘古难竭的书
时开时合
暮色轻落入我的衣袖
故乡的脚步暗袭我的窗子
打开一扇
走不进的门

① 本诗发表于《中国政法大学校刊》（今《中国政法大学校报》）第 240 期第四版，1995 年 12 月 30 日出版。

卢晓光

高处的梨花开了 ①

——给殉国难者

梨花开了，
在高处；
梨花谢了，
在高处。
你倒在刺眼的白里，
芬芳的梨花里。

枪口热了，
在远方；
枪口冷了，
在远方。
你鲜活的灯盏
跳动一下就熄了，
石英般亮丽的
生命。

你的一腔热血，
依然粘滞而
沉重，
救亡的回忆却已流水
而过。
五十年的花开
花谢，
落在了寂寞的岁月里。

你只能在风里，
款款西行。
一路梨花飞起，
遮盖了来时的脚印。
背后红里，
一片歌舞升平。

---

① 本诗发表于《中国政法大学校刊》（今《中国政法大学校报》）第 241 期第四版，
1996 年 1 月 15 日出版。

裴 建 平

有雨春夜 ①

又一年
冬天无雪　　　　　　　　雨在檐下淋漓不去
置身莽原四视黄沙如海　　怀念沙海飘雪的忧伤
那一日忧伤已不在脸上　　就像雏鸽在夜中惊起
沙果尚红在心里　　　　　不知所去何地
谁还想起母亲的胸怀　　　那一夜
她曾扫起满地落蕊　　　　春雨入梦
做三九寒衣给你　　　　　满是涟漪
沉沉

① 本诗发表于《中国政法大学校刊》（今《中国政法大学校报》）第 248 期第四版，1996 年 5 月 10 日出版。

徐柏坚 *

夜 歌 ①
——致我国台湾地区诗友杨平

听见阳光和水的声音　　　　　　童年一起割草　那消瘦的姐姐
依偎在海峡薄薄的夜色里　　　　已鬓上插花　远嫁异乡
曾经有过思念故园的水伤
在这个世界上　　　　　　　　　夜幕下浮动的村庄和河流
我是贫穷的诗人　　　　　　　　四野的庄稼在风中舞动吟唱
在薄薄的海峡那端　涛声依旧　传到彻夜的台北
　　　　　　　　　　　　　　　灯下写诗的人
凌波而来　现今已是深秋　　　　依书枕寒
划破薄薄的海峡和夜晚　　　　　暖暖的心窝里
返回河塘边　小窗伴着灯火

　　＊　徐柏坚，当代诗人、法官。
　　①　本诗发表于《中国政法大学校刊》（今《中国政法大学校报》）第 259 期第四版，
1996 年 10 月 20 日出版。

张立铁

长青藤 ①

声音悠长
还是色彩悠长
那是谁长青的往事
被未来的藤蔓纠缠

当色彩不再　声音不再
谁还在风中等待
一朵未开的花开

我们不撕扯每一片云彩
只想拾一片园中的树叶
不再把它夹在书中
而是送给一起流泪的朋友

树叶必将飘零
但绿色永远绿如歌声
曾经丰满的终于破碎
一天天长大的　是那
一天天长大的梧桐

我们必将回来
记不清谁栽了伤感一排
谁栽了笑容一排
只不经意的目光相碰
我们亲手栽的那棵树
何时已爬满了长青藤

---

① 本诗发表于《中国政法大学校刊》（今《中国政法大学校报》）第 276 期第四版，1997 年 5 月 20 日出版。

雷亚军

七月的紫荆花 ①

七月，一个极其朴素的七月
在一位老人的精心装扮下
成为你百年来最灿烂的花期
跨进一九九七年的特制门坎
人们听到你愉悦的拔节声
和一只野兽仓皇的逃遁声
泪水和欢笑荡开思念的大堤
鲜花和掌声铺就盼归的地毯
你七月袅袅的花香
是祖国最畅快的醉饮

是史册最漂亮的煞尾
回到自己久违的温馨家园
躺在母亲温暖的膝下
在每一个万家灯火的夜晚
可以安然地数一数欢快的星星
听一听崭新的童话
从此不再孤寂和害怕
世纪末有一道最美丽的风景：
鲜艳的五星红旗下盛开鲜艳的
紫荆花

---

① 本诗发表于《中国政法大学校刊》（今《中国政法大学校报》）第 278 期第四版，
1997 年 6 月 10 日出版。

武振春

长城抒怀①

晨曦中升起凌云的曙光
春风里飘荡炽热的向往
八达岭从群峰中伸来巨手
雄鹰翱翔在历史的长廊

穿越两千年古老的隧道
一睹始皇帝挥鞭风流
铁血奔流出博大的心脏
中国龙从此雄踞东方

阳光下像②一道万里风景
血与火凝成不朽的魂灵
王侯将相在坟墓里沉沦
壮志雄心与铁壁长存

敲一敲历史的回音壁
摸一摸沧桑③的垛口
每一块砖都是一页书啊
卷帙浩瀚写满荣辱千古

苍山如海哟蛟龙④长吟
万里征程在憧憬中启动
五十六个龙仔遥相呼应
旷古的奇迹在脚下延伸

群山万壑中唯龙独尊
做一回好汉无愧华夏子孙

---

① 本诗发表于《中国政法大学校刊》（今《中国政法大学校报》）第 280 期第四版，1997
年 6 月 30 日出版。

② 原文为"向"，根据语义酌改为"像"。——编者注。

③ 原文为"苍桑"，根据语义酌改为"沧桑"。——编者注。

④ 原文为"姣龙"，疑为排印错误，根据语义酌改为"蛟龙"。——编者注。

巴劲松

岁　月①

夕阳如歌
心是塞上飞来的暮鸦
当夜沉重地来临
世界在水一般的柔情中融化
悬想那落英缤纷的天地之外
可有另一种声响
我相信遥远的地方是我的归宿

孤独如陈年的老酒
醉过以后遗忘了喧嚣
漠漠此生独行于被风传唱的
故事里

当我从梦中逃逸
寻找自己的眼睛和自己的蓝天
我相信断肠人在天涯

沉默的姿势洁净如雪
点燃一只搁下多年的烟
往事缭绕
魂兮归来
民谣在淡淡星光里唱响
岁月在民谣里成熟
我在岁月里坚硬

---

① 本诗发表于《中国政法大学校刊》（今《中国政法大学校报》）第 280 期第四版，1997 年 6 月 30 日出版。

张康安

无　题①

脚步　　　　　　　　　　永不休止

总停不下来　　　　　　　只有加快

一旦放慢　　　　　　　　你分明感到前进的压力

便变凝重　　　　　　　　又有后退的恐惧

也就没有平衡　　　　　　那儿只有意识

一旦停下　　　　　　　　才在推动着

便要思考也更艰难　　　　只有理想

没有永恒的现在　　　　　才能滚动着

也没有永远的心绪

感觉脚步

正像缓缓前行的车轮

---

①　本诗发表于《中国政法大学校刊》（今《中国政法大学校报》）第 285 期第四版，
1997 年 10 月 10 日出版。

高 飞

梦 渡①
——草原情结

金色的十月

我思念马群和雕鞍

宝刀在鞘里喀喀作响

草原　蓝天　海子②和远山

占据了梦

无法压抑祖先的血液

冲撞展翅欲飞的心房

猎鹿的蹄声　甲叶的清啸

鸣镝和呼哨　尸体与大地的撞击

震响耳中的马镫

冲破锦帐与窗棂

月光为战士披挂银甲

风　梦中的骏马

草原　雄鹰的故乡

你的儿子　归来

---

① 本诗发表于《中国政法大学校刊》（今《中国政法大学校报》）第 285 期第四版，1997
年 10 月 10 日出版。

② 蒙语称湖或高山湖泊为"海子"，青海西藏等地对内陆湖泊也称为"海子"。

屈　新

我徜徉在播种诗句和企望的季节里 ①

诗歌和渴望
在小麦和情感茂盛的季节
在秋阳的背景里
愉快地生长
我看着土壤的声音
拔节的文字
喝着阳光
风过之后起伏不定

播种的手
拂过热烈的土地
企望和诗句

被溢满的情感支撑着
青色开始漫越四肢
像一个劳顿的农夫
夕阳下
希望浸渍着每一个闪烁的手势

采菊西篱笆
抬头看种满诗句和企望的
秋后天穹

秋阳下
你的影子我的影子我们的影子
漂泊无际

---

① 本诗发表于《中国政法大学校刊》（今《中国政法大学校报》）第 288 期第四版，1997 年 11 月 10 日出版。

想象你的名字将我和京城润湿 ①

醉入春天
日丽风和的北方夜晚
生命在远离着
离乡的游人
渴望
在并不急切渴望的都市
步履被渴望纠缠
沉没在经济和股市疲软的话题中

置身京城
笔和语言的沉默或停滞
陌生在催促着退化
为树生为穴居
譬如春天
吞噬着我们居住的城市

无法感知
瘦弱的肩臂负荷你多年的真实
想象你的名字从
春季的天穹降落
像雨水
将我和京城润湿

等待一种与生的缘
超越名字与姓氏的边缘
去点燃停顿的激情和熄灭的情愫
去血浓于水
去生生不息

---

①　本诗发表于《中国政法大学校刊》（今《中国政法大学校报》）第 296 期第四版，1998 年 3 月 10 日出版。

唐立刚

识 ①

仿佛是命中的注定　　　　　　无源的水
仿佛流星的相遇　　　　　　　无光明的黑暗
　　萍水之逢　　　　　　　　不能相聚啊　　不能相聚
静静地看着你　　　　　　　　就像风与风　　星与星
心在喜悦地海面上飞翔
淡淡的光芒在世界的幕后　　　默默地梦中
映出微弱的永恒　　　　　　　　你我重又相聚
　　　　　　　　　　　　　　清醒的白日里
叶为何在春天里飘零　　　　　我要流浪
雪为何在夏日里晶莹　　　　　注定终生！
无枝的叶

---

① 本诗发表于《中国政法大学校刊》（今《中国政法大学校报》）第 290 期第四版，1997 年 11 月 30 日出版。

陈 练

天才咏叹调 [①]
——写于莫扎特诞辰二百周年之际

莫扎特　夹着尘封的乐谱
在我窗前
悄然走过

我开始撕扯
二百年　这堵沉重的幕布
挥汗如雨
幕布褪了色
剩下　满眼的白
是我迟到的哀悼

时光的黑洞里　掉下一台钢琴
琴键杂乱地撞击出
黑白交错的狂想
愤愤地　为不该逝去的天才

琴声将黑夜刺穿
转瞬即逝
十八世纪　那旺着的壁炉
还有　　昏暗的灯光下
掠过　　一双瘦长的手
浮华世间　寂寞的手指

一个漫长的休止符后
我俯身拾起莫扎特遗落的手稿
放于琴键
琴键哽咽着
叹息　　天才的一生
是一个没有终点的休止符

---

　　① 本诗发表于《中国政法大学校刊》（今《中国政法大学校报》）第 299 期第四版，1998 年 4 月 10 日出版。

胡仕波 *

十四陵印象 ①

一个部落在城市与乡村的私生之地安营扎寨

以天平和剑为图腾的原始崇拜

燃起血的篝火

远大理想穿过茫茫九州

铁栏杆为期的城堡　楼门洞开

进来吧　你——

意气的书生、金钱、权利和粪土和……

比如诗人　跳楼的女子

因正义不得伸张而自尽的人们

比如爱情、语言和风花雪月的故事

一千个窗子的大楼空空荡荡

黑夜里的一盏孤灯经久不熄

一只大狼的巨眼在山巅上

俯瞰人间

吞进光明的梦幻

两只脚的动物来来去去

---

* 胡仕波，笔名胡格，中国政法大学 1996 级。现为执业律师。

① 选自《那时我们无歌可唱——"345"诗社作品选（1988～2012）》，华夏出版社 2012 年版，第 114-115 页。

十个趾头光临的大地
犹如鸟羽飘零的天空
雨雪四季星夜遥远恍惚
总是一些该记住的被遗忘
总是一些该抛弃的却被珍藏
总是一些该追求的而无人理会
总是一些该拒绝的而长驱直入
祖祖辈辈　幽灵不散
寒冬的枝头光秃秃和一些布条条
飞扬跋扈　或长歌当哭
彩旗以革命者的姿态呼啸在节日的上空

时　代①

我应以一种怎样的姿态
迎接燃烧亿年的太阳
那血与火交织的黄昏
涂满忧郁与落叶的秋季
那无边无际的干渴的大漠
食草者与食肉者玩弄生命的莽林
都以远古骑士的风度
从我身边疾驶而过

我的双眼是怎样的奇异啊
它一只装着魔鬼一只装着天使
那震撼灵魂的灿烂的星空
流溢着腐烂色彩的春天
那碧血四溅的英雄之死
花苞冲破枝头的一瞬间
都让我———
黯然于这安宁犹如死亡的世界

绝望者在月下为自己的理想送行
他的嘴唇划满血痕
他的泪水在脸上干涸成粉末
他践踏着自己的影子上路
不是哲人或被称为疯子的天之宠物
他以一蹒跚独行者的背影
走入　又一声不吭地离开了这个城市

这个时代我无歌无唱
我的声音怎么能跟乌鸦去比美呢
它那黑缎子般的羽毛写着
自生自灭的喜剧或悲剧
我以一个奴隶或狗的身份生存
双脚是沉甸甸的镣铐
被牵引着走向前方

---

①　选自《那时我们无歌可唱——"345"诗社作品选（1988~2012）》，华夏出版社 2012 年版，第 115-116 页。

钟云洁 *

呼吸北方 ①

（泥土、阳光和最上的叶）

一

想流出一些词像水从河里流出来

把自己留在语言和风里

天空黑蓝　我随意涂鸦

从季节倾出的色彩

慢慢覆盖我和我心

随心所欲的自由以及

秋风里飞舞的风（轨迹）

北方　北方

泥土高远

祖辈驴车咕咕作响

二

早晨穿破

---

*　钟云洁，笔名麻麻，中国政法大学 1996 级。

①　选自《那时我们无歌可唱——"345"诗社作品选（1988~2012）》，华夏出版社 2012 年版，第 117-118 页。

不能收拢夜间的低吟
和夜间空气中混合的气味
所有的落叶纷纷扬扬
枝头上的叶却被遗忘在枝头
（用来抹去天空的笑）
我看见自己漂浮在这高耸的树枝上
横贯的秋　在风中变冷的秋
于夜间蓄满寒气需要坚硬的句子
诗句里鸟巢安然无恙

三

只有一股蓝色　我能抓住的只有
一股火焰闪烁的蓝
即使在北方的秋意盎然的天空
宛如挂在枯枝上的红樱桃
突出的总是悲凉
我漂浮着沉在轻下
一次性消失的生活像影子
没有分量地投在泥土上
在风聚合的地方我的脸贴近大地
而阳光细微冷涩
一次次地穿过语言

生活叙述 ①

贴在玻璃后
阳光雨水望不到边
思想停止或空白的一刻就是
植物果实
其他一切都不重要
时间和时间中的一切
生活总在他不在的地方

城市的花草因第二根烟的
点燃而开放
河流回归到孩童时的河流
水草　水花　谁笑
清风飘过田野　天空挂在树梢
河水多么平静　梦想近在水边

发丝中的人类在阴影中
重复每一个麻醉过的快乐

不告而别的快乐
只为留下孤独　敲打虚无

具体的方向是生活的墓地　于是
击碎生活埋进小路
不停转弯不停消失
而路漫漫，草深长

词语停顿后的情绪似乎预示着未来
除了自己还会是谁布下关于我一
生的巫术

我是五百年前就死亡了
却依然闪烁的星
时间虚构着我的生命
并且在时间消逝后　鲜明地浮现

---

① 选自《那时我们无歌可唱——"345"诗社作品选（1988~2012）》，华夏出版社 2012 年版，第 118-119 页。

王 朝 辉 *

千古梁祝 ①

我是一个音符穿行在时空的隧道里
我是一朵野菊开在水晶的坟头
我是一块石头立在春雨的十字路口
我是一滴朝露蒸发在相约的清晨
我是一阵晓风吹起在相送的石桥
销魂的目送　相思的心碎
穿越了岁月的舞台向我款款而来

悲剧迭起的年代这样的悲剧倾倒了我
轻轻的差错没能激起时间的浪花
而空前的海啸吞没了我的整个村庄
我多年的爱人、亲人和朋友
观看了天地初开的那一刻
纵身一跃铸就了我三生的挚爱
造化导演了那关于蝴蝶的戏剧
我站在无人欢呼的故乡舞台
在谢幕时献上梦中的雪莲

* 王朝辉，笔名越风，中国政法大学 1996 级。现为法官。
① 选自《那时我们无歌可唱——"345"诗社作品选（1988～2012）》，华夏出版社
2012 年版，第 121 页。

神的落日①

一

枯树上的钢琴
再也奏不出名士的遗曲
所有的"广陵乐谱"
也散落在昨日的龙卷风中
支离破碎　恍惚迷离
上古的理想阳光
穿不透世间的阴霾
而我不是追日的夸父
一口喝干人类万年的泪水
我只是一个迷路的小孩

二

遥望北斗星隐现的眼眸
那亘古的银河如心河般地
束缚着夜的纤腰
面对无舟可渡的河
我寻找不到鹊搭成的桥
对岸的生命期待被再次拯救
背后的末日已隐隐守在边缘
在追赶新生的脚步中
流淌着毁灭者的鲜血

三

上古的神话
在百代过客的唇边跳舞
那方块字的嘴
嚼碎了时间的方格
甲骨文中的甲骨
连同肆虐的狂沙
在昼夜不息地燃烧
生生不息的火苗中
经过痛苦洗礼的佛像
背着沉重的经卷和皇冠
向着我深处的灵魂
坚定冷静地走来

四

某日　神在沉睡万年后醒来
黄昏　带领一群迁徙的候鸟
开始了穿梭于春秋的旅行
最后　最后的神也死于遥远的海岸
那一年　海水吞没了陆地
冻结了所有的纯水
冰川期过后
留下了我们这样一群神的后裔

---

① 选自《那时我们无歌可唱——"345"诗社作品选（1988~2012）》，华夏出版社 2012
年版，第 122–123 页。

张 雨

谈论这个时代 ①

人是一切存在与不存在之物的尺度。

——普罗塔格拉

"另一个人是怎么做的？"

他没有生活，
但记着纯粹的假设、偶发事件
和不同女人的名字。

一些旧的书籍上记载着
午夜十二点就会过时的电视新闻。
还有，"要说出这一切"。

总是有同样的形象
可以用简单的句子
搬运它们的影子。

"给语言装两个轮子。"或者
三个，载着后来才会想起来的事物。

如果所有这些还无能为力，
就以我们的舌头
把一些词在水上倒立。

"还有更重大的词汇无法运用。"

就把它们放在码头吧。
如果最后一艘货轮离岸
还没有人提及，
它们不腐烂。

---

* 张雨，中国政法大学 1997 级。
① 选自《那时我们无歌可唱——"345"诗社作品选（1988~2012）》，华夏出版社 2012 年版，第 133~134 页。

敲门敲门 ①

快到了一点钟。
比迟疑的钟声稍早一些。

这是时间最后的转折点，
一次重新转身略显费力。
而七月附着在暗中的指节上，
卷曲着，蜿蜒而来。

一个沉默的人到来，
踏着卵石镶满的河床和城市。

七月的水开始下降。
夜比我们的灵魂还浅。
清醒是被暗中
推动着的另一只轮子。
但这世界不会惊奇。

仅仅有一些迟疑。
一点钟伸出手指指着时间，
比我们略显犹豫，
然后就停顿在
略显残忍的沉默里。

有人总会在预设的拐角出现，
如果他绕开陷阱，
绕开夜的腹部的七月的花丛，
绕过简单的恐惧，
失落感，再和一切一起停顿，
这世界就正在结束。

而突然醒来的人
会听到一声叹息压在叹息之上，
又短又稀，像是
七月吐了一口气。

---

① 选自《那时我们无歌可唱——"345"诗社作品选（1988～2012）》，华夏出版社 2012 年版，第 134-135 页。

徐　松 *

明　天 ①

明天和她远走高飞
或者　就这样

明天在 345 路上和一列货车相撞
明天还有更刺激的玩意儿
明天怀抱爱人
明天和她成为一路货色

明天想我给过她差点滴落的眼泪
明天即使成为一只狗

明天收拾床铺洗净衣服
明天更肮脏
明天怀抱爱人
明天可以更绝望

---

* 徐松，中国政法大学 1998 级。

① 选自《那时我们无歌可唱——"345"诗社作品选（1988～2012）》，华夏出版社
2012 年版，第 139 页。

悬浮女子日记之四 ①

站在山丘上的是苹果
和乔的影子
九月份的山下
像一层水雾遮蔽乔的眼睛

乔灭掉烟怀念昌平
只是无可怀念
像发情的野猫始终得不到满足
那，就是昌平的饥渴，昌平的满足
努力保持着体位
若即若离

乔开始流下泪
风沙么　太大
带走我的少女之春
和一切不可告人的幻想

那是谁的诅咒之地
碳黑②的山谷以及腐败的池塘和水库
乔在水中挣扎
泥草拉住头发大腿
鱼刺卡于喉咙之门
所有的蓝色、蓝色
蓝色　已安然抵达
只一夜
就让乔困倦不堪
于是乔
松开枉然之手
任昌平放飞于蟒山之巅

而雨
密密麻麻

---

　　① 选自《那时我们无歌可唱——"345"诗社作品选（1988~2012）》，华夏出版社 2012
年版，第 139-140 页。
　　② 原文如此。——编者注。

楚　暮 *

宁

没有一个夜
让我如此宁静

宁静
在夜的黑、风的清、月的圆

她悄悄的融化
像初春的雪花
融进我的血液

沉郁的语言

忧伤的情歌
在她的微笑中
都幻化成迷人的清辉

我深爱着这个夜
爱着
在夜莺的房子里
用我的心
去吻
你留下的草地

---

* 楚暮，中国政法大学 1999 级。

无　题

我是乱石中挣扎而出的种子　　　　没有天堂的夜
夏伏弥漫　　　　　　　　　　　黑色火焰的婚礼浸满了悲伤
沉默在七月的悄悄
无人知晓　　　　　　　　　　　我是地狱炼火的折梦天使
残霞坠落池塘　　　　　　　　　你轻扬的嘴唇
滋润着我的倔强　　　　　　　　不要冷冷的笑
　　　　　　　　　　　　　　　我知道
我是堂吉诃德至死不忘的魔头　　全世界的欺骗
夕阳泼洒大地　　　　　　　　　只是一张小小的墓床
瘦马奔驰在古道为我吟唱　　　　人世的背后
西风在云端掩饰着仓惶　　　　　还有忠诚的死亡

王连飞

想　家 [①]

雪飘了
南方的椰林
正热浪滚滚
为什么不能把北国的雪
降到南方的家

风起了
北方的树
吱吱作响
南方的竹楼

正伴着海浪唱起了晚歌
要是把南方的竹楼装满
——塞北的雪

上路了
火车鸣起了摇篮曲
梦里又见母亲的小背篓
睁开眼
——到家了

---

① 本诗发表于《中国政法大学校报》第 405 期第四版，2001 年 12 月 30 日出版。

第六部分

军都的风 小月的河

昌平的山脚

曾有一条大河

默默流淌

他是你的河 孤独的河

——路平新《政法岁月》

唐　磬 *

你的日子抽走我的血 ①

"回来"
你说。
你并不否认这是怎样的日子。

这是挚爱的女人正在流血
　　挚爱的男人十六年前已然流尽
这是伴随三月底的细致粉末
　　这是伴随团圆
这是伴随分离

这是火车不曾亏欠地奔走相告:
　　"敲碎田野，填入煤炉。"
这是固有动力化为翻腾滚滚的尖嚎。

那白日种于静脉的泉眼在月光下熠熠闪亮。
担心什么？

---

* 唐磬，中国政法大学 2003 级。

① 本诗发表于《中国政法大学校报》2007 年 5 月 8 日第四版。发表时有作者附记:"一年前（2006 年）写的诗了。那一日学校组织献血，那一时爱情悬而未决，那一年以为若再不轻狂，便没了机会嬉笑。那一日只是血与血的关系，生命的停顿与延续便在记忆中接接替替。"

几天后它自会愈合。

几天后它自会与死者一起归于沉默练达的凝雾。

（陈腐的失败永垂不朽

        优美的篇章青草栖息。）

有花

黑暗中吐露芳香潮湿的舌。

你被问及什么是生命的丰满？

        不间断的流亡？

将一人的血注入另一人时会不会连同绝望一并转交？

在你的日子，

    无人可替你作答。

你永远看不到的情诗 [①]

——若不是你

若不是你　我简直可以诅咒爱情

我简直可以用埋葬死鸟的方式歌颂离别

用波光捕获鱼鳞的方式穿越忧伤

用兽的前爪描绘一张田野的图画

我将指证它为唯一的真实　唯一的广阔

唯一有所价值的颠沛

一些人必须为另一些人死掉

妻子的酒

母亲，饮吧，像瘟神一样举杯吧

像格子衬衫一样单薄得发抖吧

---

   ① 本诗发表于《中国政法大学校报》2007 年 5 月 15 日第四版；收录于《那时我们无歌可唱——"345"诗社作品选（1988~2012）》，华夏出版社 2012 年版，第 153-154 页。

像石榴籽一样洒落遍地吧
你本可以有尊严地老迈
若不是我
你本可以啄瞎堆砌重重的愁困

一些人必须为另一些人哑掉
若不是你
我简直可以抵挡千山万水的谎言
我简直可以裹住沉入骨髓的叹息
我简直可以走进蝴蝶与花衣裳的四月
经受一场深深浅浅　草绿色的雨水

若不是你　我本可以饱食整个冬日
我本可以成为一万颗平静跳动的行星之一
我本可以忍饥挨饿地等待
亲吻棉花　亲吻粮食
亲吻枪炮坚定的嘴唇
亲吻每棵为情人植下的玫瑰

若不是你
我本可以嘲弄直至清晨
　　　　　像浅滩的每只鹭鸶
安睡一个个静寂的黎明。

张培坚 *

远　方 ①

住在同一间屋里的六个人
分别代表六个不同的方位
在这个夜晚雨水充足　漫过高高的田垄
他们都在沉睡

我要告诉你　陌生人
醉酒后的第二天早上
起个大早　看看晨曦看看平静的死亡和新生
起个大早　出乎所有人的意料

去吧　站在路中央大声地宣布
所有人都不曾拥有平原的雨水　天空的雨水
雨水只属于远方　还有白色的羔羊　还有生命生命

想念雨水吧　想念她们轻轻的哭泣
哪一滴拥抱你哪一滴遥望你

---

　* 张培坚，笔名冷阳、裴圣。中国政法大学 2003 级，曾供职于《中国政法大学校报》编辑部。

　① 选自《那时我们无歌可唱——"345"诗社作品选（1988~2012）》，华夏出版社 2012 年版，第 143-144 页。

哪一滴曾经带走了你的诗集，却头也不回
在那个路口你只想念雨水

走吧　那六个人依然沉睡
麦琪的礼物只给醒来的人　给觉醒者的酒
麦琪是三个外国人　不懂你说的独钓寒江雪

陌生人　走出高高低低的丘陵地
　并且高声赞颂他们
站在平原上　你一夜梦见了自己的命运
站在周天子的平原上　你就成了我　梦见自己的命运

平原上有个瞎子日夜歌唱　忘记自己的瞎眼
古老的二胡比古老更老　比阿炳还老
他唱道　陌生人带上干粮和火把
还有一卷古老的预言诗

远方只有雨水，一群牧马　和草上住着的无边黑夜
远方是戎狄羌胡还是匈奴的营帐
远方只在周天子的春秋　战国

瞎子忘了说的那一段　由你来说
远方有唯一纯洁的一滴雨水
你看到了瞎子他没看到

2004.5.29 醉后清晨作

陷　落 ①

正午的水车流淌天堂的甘泉
人们陆续走过
你也走过
你没有发现
我正走在悬崖的边缘

他们来了
我看到他们气势汹汹
开进城来
我孤军奋战狼狈败逃
以英雄的姿态说
来吧，城是你们的
你们的天堂你们的地狱
与我无关
牵来一匹骏马我要离开此地

悬崖在正午的阳光下倾斜
而你没有看见
没有看见我一跃而过
你只顾望着一池死水，秋叶漂浮

他们来了
每一次都是我失败

① 本诗发表于《中国政法大学校报》2007 年 10 月 23 日第四版；收录于《那时我们无歌可唱——"345"诗社作品选（1988~2012）》，华夏出版社 2012 年版，第 146-149 页。

你牵来一匹骏马
说，那就走吧
一座丘陵一片草地
几个春天接踵而来
将我小小的屋子照绿
一个小湖泊，就一杯酒那么小
有着天的蓝云的白风的轻

我脱下黑袍　将它一饮而尽
他们来了
在城里到处打听
一个叫特拉克尔的人
他住在萨尔茨堡
小小的城在奥地利
生养过天才的莫扎特

我说，谢谢你们
亲爱的牧人
你们是草原上最安静的云
走了那么远都不喝我一杯茶
我骑上你们的骏马，逃离此地

在那片最喧嚣的林子
有人大声念着诗句：
秋天，秋天，秋天！
我像鸟儿一般飞过
婉转欢快地叫两声：
秋天，秋天，秋天！

秋天的诗句和疲惫飞过耳畔

与高大的骏马一起飞驰
午后贞洁　秋天放荡
她们都飘扬着长长的黑发
一切都是路过
一切都是幸福
一切都如阳光明亮

他们来了
他们在这秋天的午后开进城来
叶赛宁不走
他满脸悲伤，垂下黑暗的手
他说他在等一个人
而海子，那个村庄里来的孩子
骑上另一匹骏马
奔驰在赤道上

你永远看不见
我只身掠过悬崖　那时
正午的水车流淌天堂的甘泉
他们来了
我丢盔弃甲
只剩下一匹好马
我只好出发
穿过城，穿过正午的阳光
我必须出发

吴晓杰 *

别叫我诗人 ①

你说诗人/要留长头发/要在头发上结一个虱子的窝/要长着花白的腮胡/你说的诗人跟我无关/我头发不长/我并不希望掩盖视听/父亲母亲和来自土地太阳神的声音/我依旧用心倾听

别叫我诗人/你说的诗人/叼着烟/满身的臭烟土味/长着一口的黄牙/掰着手指头诉说着年华/生命升起的地方/他唯独见到死亡/我发誓我没有/我的脚趾头都在为生命绽放/它糊涂地生满了跳蚤/它告诉世界/生命距彼岸仍旧三尺三/我抽烟 是告诉世界/烟离开我就是死亡/我让一切非生命燃烧生命/我并不是死神的帮凶/我不是诗人/我的气质不在秋叶的吟诵/不在土地的深广 不在星夜的想象/我在乎的是土地出产粮食的多少/我安静地等我的麦子成熟/我孤独地数着麦粒死亡

别叫我诗人/你说诗人/都是具体的疯子/他们骨子里深重/把风都刮到肚子里去了/以为吞掉宇宙/以为啃噬细微/他见到的阳光慵懒疲惫/他把麦子拖到阴暗里筛打/不懂得麦子的快乐的人不是诗人/疯子不是用口来生活/他们把月亮点在窗头不是为照明/而是用来意淫强奸/美人呵同我归/疯子不需要爱情/谁的感情丰富谁是地道的疯子/他的心从没安

* 吴晓杰，笔名老麦，中国政法大学 2003 级。现供职于光明日报社。
① 本诗发表于《中国政法大学校报》2007 年 8 月 31 日第四版。

静过/他把爱人挂在月桂树上/用来膜拜 歌唱/爱情 这一口井 往昔之井/掠过飞鸟 却落不下影子来

我不是疯子/我只是读着圣经/偶尔爱一下圣母玛丽亚/偶尔亲一下耶稣基督/翻一翻国王留下的告全国人民书/具体它写着什么/我不去理睬/我对撒旦爱不释手/他是长着角的绅士/他不会是诗人/他不会待在鹰的家中写诗/他不会和疯子们搞沙龙/但会唱颂歌/一曲男高音还是会唱/但是嗓子沙哑

我不是疯子/我穿着裤子/我没特意要去搞行为艺术/我没在屁股上剪个洞/我更没在天台上对着太阳或月亮撒尿/我把头埋在草堆里数着年华青春从身边流逝/我会问父亲母亲正确答案/我会向全世界的河流征集/所有对高山的看法/和邻居那个富翁肚皮的宽度/我只是个孩子/累了 就趴下就睡/可我不是孩子/我整夜整夜的失眠/但我不是疯子/顶多你骂我一声神经质/我不爱被夸做疯子/疯子是那个奔跑着追逐太阳的夸父/是那个不知死活疯了的尼采

别叫我诗人/你说诗人是/一个男人 一个女人/不是/他是一个典型的双性恋者/一个没有鼻毛的怪人/呼吸 不用肺/用心无肺 整天闹腾着说废话/我不是诗人/我是一个男人/一个半夜想看女人裸体的男人/一个用下半身思索人生的男人/一个自由畅想幸福生活的男人/我不是诗人/诗人骑着瘦马去赶集/诗人背着破布囊去吹风/而我是带着摩托车 和儿子/窜过黄河去卖菜

别叫我诗人/我不是诗人/我赶着/到另一个世界尝试生死/别在我那没出生的墓志铭上/刻上生死：/诗人 死于1986/诗人没出生就死亡/我是一出生就死亡/我不是诗人

抒情已死 ①

听窗外诞妄的雨水哗哗从这间屋子最后的黄昏流过

秋即将死去　在黑色的烟雾里

八月的风紧锁在眉头

黯淡了目光的颜色吹皱了如花一样的静寥

从匠人的手伸出的道路泥泞不堪

所谓艺术在昙花盛开的夜晚凋零

抒情的调子一唱再唱

逃过海伦逃过巴赫小溪一样婉转汇入大河

沉寂如夜的打更人在喧嚣的中央自说自话

惶乱的烟雾从炙热的喉咙冒出想要说出什么话

最后一根烟冷然熄灭

黑夜中一个人独舞看不出舞步身体如黑暗一般僵硬

骨头紧紧牵住神经拉住飘飞的思维一点一点下坠

肉身如此沉重拴在床上

飞奔向前的日子刻画他冷落他予他仇恨和不平

夺走他黑夜中的妻子把最后一缕如风般吹乱

听　这一间屋子最后的抒情奇迹般地从秋天赶到冬天

光明如同一只金龟子飞进房间在灯光下神采奕奕

冷淡的雨水从乌云密布的天空出走

带走凝在风月头上鲜红的花骨朵

匠人躲在温热的被窝神色泰然

把那副充满血丝的眸子凝成两句诗行

——上句抒情下句死亡

---

① 本诗发表于《中国政法大学校报》2008 年 1 月 8 日第四版；收录于《那时我们无歌可唱——"345"诗社作品选（1988~2012）》，华夏出版社 2012 年版，第 161-162 页。为便于阅读，排列方式有所改动。

夏　楠 *

十四行：给我的姑娘 ①

一

我在人群里东走西顾，
你远远地躲着，让我怨怒；
如果我停下，怔怔地像一棵树，
你就撞上来，像一只受惊的小兔。

那枚禁果我已多年不敢碰触，
一入口便是甜蜜的痛苦。
我不是你想得那般勇敢，
还在昨夜的梦境里瑟瑟颤怵。

主啊，我卑微低贱，求你看顾。
谁把我扔在这世上，
如一粒飘零的尘土？

而你，吾爱，拥你入怀我就是高贵的君主。
我要带你巡行天河，
我要众生全都嫉妒。

---

* 夏楠，笔名楚望台，中国政法大学 2003 级。
① 本诗为作者为《中国政法大学校报》供稿，因故未能刊载。

238

二

神用什么制造了你，
比世界还要沉重，比风还要轻盈？
你是扮作天使的魔鬼，
咬我一口就让我痛不欲生。

我怕你像飞舞的流萤，
只在瞬逝的黑夜里暂停。
又或者你只是昨晚的月华，
太阳出来就隐藏了光影？

我们在这古怪的世界上相逢，
像清晨的甘露，在阳光里蒸腾。
拢你在指尖轻轻啜饮，
我那沉埋已久的爱情。

就算上帝派你来这里捕风，
让我昏醉罢，再不复醒。

李中华[*]

麦　河[①]

此刻，江南梅雨悠长
此刻，北平杨花
惹恼了如丝望乡
不敢往南想
中原麦子的黄
镰刀与汗水合作
分垄的田里麦河平躺

参星西沉人稀薄
吠月的犬守麦场
露水很重打湿了布谷晨歌
林间炊烟泻进窗
村头的四月溪水已不凉不热
梦中的岸边
柳树，风和暖暖阳光

---

* 李中华，中国政法大学 2001 级本科，2005 级研究生。

① 本诗发表于《中国政法大学校报》2007 年 6 月 5 日第四版。

你　看①

二〇〇七年农历四月二十七

你看，你看

月亮鼓满了帆

你看，你看

她靠了蓝的岸

你看，你看

云裳天女

流星散

你看，你看

美丽发髻

倚着恋人肩

你看，你看

小鱼儿在水面

吻出圈

你看，你看

那个男孩儿

形单如弦

你看，你看

白皙的手

骨瘦了烟

你看，你看

眼神的软

今夜泉

你看，你看

风不解情

你看，你看

海中的山

---

① 　本诗发表于《中国政法大学校报》2007 年 11 月 20 日第四版。

萧　萧

娜塔莎 ①

娜塔莎　娜塔莎
再来跳一支俄罗斯舞
大叔弹起古老的吉他
想想骏马飞驰的草原
草原上奔腾的野兽

娜塔莎　娜塔莎
跟着大叔唱一支俄罗斯歌
雪橇滑翔在雪夜的大路上
折断的树枝咔嚓咔嚓
消失在无垠的明夜

娜塔莎　娜塔莎
上帝造了你
你为什么不快乐
你怎能不欣赏纯洁的月夜
怎能不向往热烈的爱情

---

① 本诗发表于《中国政法大学校报》2007 年 9 月 18 日第四版。

娜塔莎　娜塔莎
你　舞步矫捷　态度高傲
你　歌声美妙　琴音回旋
你　热情奔放　一往无前
你　俄罗斯的好小姐　好女儿

娜塔莎　娜塔莎
好孩子
你是着铠甲、持长矛的武士
威风凛凛　用跳舞的步伐前进
让晦暗的生活拜倒在你裙下

娜塔莎　娜塔莎
傻孩子
你怎么丢掉了你的盾牌
你总是这么任性
也好给你一个教训

娜塔莎　娜塔莎
好孩子
谁能不失去一些东西
哪个武士不受一点伤
你懂得怎样不伤害自己

娜塔莎　哦　娜塔莎
亲爱的娜塔莎
你的名字多美妙
你这托尔斯泰的好娃娃
我爱娜塔莎

李世环 *

恋爱组诗 ①

1

不敢看你的眼

就像

不敢直视火辣辣的太阳

偷偷地瞄一眼

心中的大火就要扑几天

2

我爱你

就像爱我的唇

我的唇

只为了爱你

3

失意呆坐

静默击碎了花朵

不记得

哪一天夜晚

我们把狼放了出去

---

　* 李世环，笔名秋潋，中国政法大学 2003 级。

　① 选自《那时我们无歌可唱——"345"诗社作品选（1988～2012）》，华夏出版社
2012 年版，第 159 页。

刘　波

风中青莲 [①]

引一舸楚山白云
赊一壶洞庭秋水
你酿出的酒一如你的目光
忧郁而清澈
可君王只是个最现实的顾客
最高明的酿酒师
也上不了宫廷的宴席
雁过长安
鸣落一地秋叶

一袭白衣既已染黑
何不把他撕裂
驱不走漫天阴霾
不如将白天变做黑夜
抽刀断水
已斩不断奔流的狂野
拔剑茫然
你唯有仗剑豪歌一阕

---

① 选自《那时我们无歌可唱——"345"诗社作品选（1988~2012）》，华夏出版社 2012 年版，第 163-164 页。

月光如白发茂盛的季节
思想也皱纹般深刻
浪漫是一种更深沉的悲哀
真实时时刺痛感觉
远行吧
碧水潇湘
青山吴越
别只见帝子泪痕
别只见杜鹃啼血

大鹏的生命是飞翔
既见高堂明镜
怎忍青丝成雪
天朝风度是淡然一笑
有时也不由仰天长嗟
盛唐本是歌行
已被裁的绝句
宝剑久不出鞘
可会变成凡铁
江山不衰
豪气不绝
一枝青莲凋落风中
也不失灿烂颜色

用天地精神
你酿出世上最纯的酒
让人
饮如黄河一泻
醉如昆仑西斜
醒来痴望杯中月影
滴下的不是泪
是残阳的血

陈金波 *

北京以北 ①

北京以北，是湮灭的军都
北京以北，是骄傲的陵，骄傲的山
给我十一点的星光
给我十一点的枝桠 ②
给我十一点的黑暗与寂寥

一杯暖手的奶茶
总在一念之间耽误
那个与奶茶有关的姑娘
正在江南以南
盘拨着检察官的年岁

我离去又归来
带着不能抽烟、不能喝酒的肉身
就像第一年第一瓣玉兰的枯萎

*　陈金波，中国政法大学 2004 级。
①　作者供稿。
②　原文如此。——编者注。

我爱过这里的每一朵玉兰
那些阳光和煦的日子
被我不断用双脚和镜头丈量

我恨过这里的每一朵玉兰
那些阳光和煦的日子
被我不断用吸气和呼气稀释

我知道每一块砖每一条裂缝的历史
偷偷冒尖的杂草
是我蹦跳的心脏　　蹦跳的心思

我把那些无用的八股撕成碎片
我把那些卑微的条文撕成碎片
疯子　是有些人对我的赞扬

在那些人来人往的春天
我甘愿做一只流浪狗

在那些人来人往的夏天
我甘愿做一只流浪狗

在那些人来人往的秋天
我甘愿做一只流浪狗

在那些人来人往的冬天
我甘愿做一只流浪狗

北京以北，是湮灭的军都
北京以北，是骄傲的山，骄傲的陵

给我一夜的星光
给我一夜的枝桠 ①
给我一夜的黑暗与寂寥

我知道
江南以南，有我的骨骸
北京以北，有我的墓碑

但是
别妄想我把名姓留下

你知道 ②

你知道，那些秋天那些冬天
那些落叶，那些落雪
那些一望无际的季节

你知道，那些婚礼那些葬礼
那些开始，那些结束
那些死了又活过来的悲伤

---

① 原文如此。——编者注。
② 作者供稿。

王小波 *

茅草天堂 ①

在我的生活中像幽灵
像我从来没有怀疑的真理一般　伴随左右
在一个时间将自己掩埋　淹没在没有荒草的地面
某个时刻获得自己　希望
在仰望的日子中　有人在远远的高处看到高高直立的茅草花
那个时刻　世界上已经没有人
没有人可以清楚地看见　看见我　看见没有人的天堂
天堂躺在没有人的人间
夜叉杀入　在没有人的人间天堂
一个获得生机　勃勃生长的石头山　茅草矗立招摇
没有生活理想的草啊　你们是神　有神一样的灵魂
神一样地招摇你们的自由与自在
只是无处不在的风妖
花瓣吹散　花香淡漠　草秆直立远眺

不是人住的地方　你获得了你的所有　你所有的一切
在这个远处的天堂　你得到了最初的安慰

＊　王小波，中国政法大学 2004 级。
①　选自《那时我们无歌可唱——"345"诗社作品选（1988～2012）》，华夏出版社
2012 年版，第 172 页。

麦子　树干　随风荡下的枯叶

享受天堂无私的恩赐　我们享用　喝干鲜血

人群远去　鲜血流尽

遍布野鬼的荒野　长满荒草　茅草矗立

鲜血的阳光披在茅草上恍若艳丽头巾

没有花香的茅草花穗上　天堂倒挂

一个人的仰望 [①]

两姐妹立在海天之颠

她们满怀生活，在天堂书写篇章

她们深沉地为他们的远方奏出爱

的符音

她们虔诚，前程远大

蒲公英匍匐

素面野风，山花，叙写未来的末日

我握着锄头，吞噬着风花雨雾

在雪中生存，生长

我等待着姐妹们的微笑

她们在远方的高处

我匍匐，吃着风花雨雾，

在雪中锤炼

我卸下光环

卑微的双臂伸出，像是钢铁的黑枝条

笑容水珠般凝固

远方，田野，农民

黑色的泥土，蝴蝶飞舞，花环的迷雾

两姐妹的衣裙像麦穗，余阳摔落

收获的季节到了，我在播种

---

　　① 选自《那时我们无歌可唱——"345"诗社作品选（1988~2012）》，华夏出版社
2012 年版，第 173 页。

王 博

致耶利内克 ①

背上猎枪
向远方走去……

死神微笑着
做着祷告……

耶利内克
你……
行走在无边的荒原上
嘲笑着天空

落日
在阴暗中燃烧着自己
——那腐烂的躯体
散发出
灵魂的味道

耶利内克……
你要忘记自己。

　　2007 年 4 月 26 日读埃尔弗里德·耶利内克《死亡与少女》后作于
军都山下痴醒斋。

---

① 本诗发表于《中国政法大学校报》2008 年 4 月 1 日第四版。

路平新[*]

政法岁月 [①]

昌平的山脚
曾有一条大河
默默流淌
他是你的河　孤独的河

你在路上写过一首曲子
那时春天刚刚来到
四月的野花还在微笑着
河水上下雨的季节

他在河里流动　他是吹过野花的风
他是流淌在你骨髓中的牧歌
他是军都山下静静流淌的河

黄昏把河水寂静地燃烧
河边　我曾拥抱着你

---

[*]　路平新，中国政法大学 2005 级。

[①]　选自《那时我们无歌可唱——"345"诗社作品选（1988~2012）》，华夏出版社 2012 年版，第 170~171 页。

那道雨天的白色闪电
晚风吹走了蒲公英　吹着你的泪水
起风的时候　所有人都会离开

人的一生要承受多少伤痛
才能平息河水的波澜
我们不是河边的树
看岁月来往　人潮涌动

但年轮总会长的
总会长的　就像你走过的路
河边的草和那年一样
长满了蒲公英

日光之下
我还记得那条河
在祁连山我长途跋涉　走过夜里的雨
我还记得
河水

流淌在盛夏的某月
也是昨天
流淌在一生的某一刻
我想起你的笑脸

杜　欢[*]

普希金传[①]

歪在床上
翻《普希金传》
我在笑
用不了多久
每隔十年
就会有一个大外星人
带着一帮小外星人
闯入地球的大气层

这些外太空生物
虽然相貌不扬
却都会翻江倒海

他们将会分散到美国、俄罗斯、不
列颠、西班牙、南美与非洲大陆
当然还有中国
投胎做诗人

[*]　杜欢，中国政法大学 2005 级。
[①]　选自《那时我们无歌可唱——"345"诗社作品选（1988～2012）》，华夏出版社
2012 年版，第 176 页。

哪　吒 *

旅　途 ①

我想着星星和羊群
想着沙砾　想着更北的漠河　　冬天再次变得空旷　就像昨天
苦涩的葫芦垂挂在苍穹下　　　浸泡着酒和夜的神秘主义
而风吹卷车窗的边缘　　　　　最后我抬手看表
　　　　　　　　　　　　　　面孔上映出新生的孤僻斑

我顾不了我的火
它们顺着铁轨烧　　　　　　　让所有的回忆都慢慢地　闪烁起来
词语踉跄　曲调熄灭　　　　　我只是顾不了我的火
仍有魂灵　从此前的黑暗中追来　它们顺着铁轨　烧

　＊　哪吒，中国政法大学 2005 级。
　①　选自《那时我们无歌可唱——"345"诗社作品选（1988~2012）》，华夏出版社 2012 年
版，第 177-178 页。

在冬天做窝 ①

1. 下雪天

我一想到
雪里落下一只刺眼的手套
心就发软　像奶糖那种粘牙
那些小小的　不如意的反复
躺在尚未被回忆淹没的时光里　透亮着呢
悄悄地　有只小手
摸索着刺出些湛蓝的星光

2. 和气球一起跑会怎样

风再更大　酒水通过发梢溢出
瞎子的街道蒙了尘
整夜的乱梦这样火热　在冰冷膨胀的风中
也要蒙尘　溅起浅灰色的星子
须得向内部深深弯腰　才能采到气球

咿呀　要唱歌
喉头结了丝网　非要唱歌
一朵一朵的小调　走过钢索去
漂浮　然后通体透彻地哭
和气球一起　也跑不掉

---

①　选自《那时我们无歌可唱——"345"诗社作品选（1988~2012）》，华夏出版社 2012 年版，第 179~180 页。

3. 念头

经过那么多车厢
我们一点一点耗费掉烟头、罐装啤酒、滚烫的眼泪
而春天终于来到码头

三月扫荡老病
鲜花盛开在残忍的四月
五月惆怅　用细柳的木棉嘴唇数出

用一口最长的气　沉入闪耀的谎话中

4. 不过是

我不过是
你不敢随之旋转的一个吻
在深夜里　愁容里孤僻地再现
倾其所有地　轻轻爆炸

我不过是
你用手掌眺望着的一个吻
最初双面炙热
然后冰冷得像远处的月亮

我干脆双目失明
不去你的窗玻璃上呵气
也不给你讲述　天气的超级秘密

就这样吧　宝贝
兔子跳进了冬天的干草堆
我们就忍着疼　把它们全烧光

GR*

更为可怕 ①

坐着车
风从耳边划过
事物连成一片
仅仅是
一个开端
让我们从车上下来
加入盛大的狂欢
昔日空旷的广场
已经鼎沸
跳舞的女人的手指
我的眼睛
看见我的灵魂
在她的摇曳的身段上

她的发丝
飘逸的发丝
他的嗓子
浑厚的嗓子
刺激着感官
一定只对于某个感官
身体是享乐至上的感官
在风中，在声音中
细胞剧烈张弛
然后松弛
就静静
坐在你来的地方
世界一片荒芜

---

* GR，姓名不详，中国政法大学 2005 级。

① 选自《那时我们无歌可唱——"345"诗社作品选（1988~2012）》，华夏出版社 2012 年版，第 181-182 页。

早晨八点钟 ①

早晨八点钟
为了缓和
被课本绷紧的神经
我决定从高处俯视：
她们黑色的靴子，犹如瘦小的猫
在地板上急速跳跃、前行
而身体为高大的回廊遮蔽
正下方的黑色水池，狭小
没有任何点缀
火苗在其中线型流窜
我不是鱼，不知道
它们是否快乐，仅仅是从
它们唯一的动作
（跟着头鱼线型流窜）
的上方，看到
图书馆门口
人群鱼贯而入

---

① 选自《那时我们无歌可唱——"345"诗社作品选（1988～2012）》，华夏出版社 2012 年版，第 182 页。

李　明 *

在回北京的 1468 次列车上 ①

1468 上的贾宝玉

被挤成沙丁鱼罐头

沾满油水的餐车

从林妹妹身上压过

角落里的妙玉

坐在垃圾袋上

大声争辩的湘云

被从车上扔下去

宝钗说得过且过吧

你看窗外寒冬萧瑟

早不是春花盛开的时候

---

* 李明，中国政法大学 2005 级。
① 选自《那时我们无歌可唱——"345"诗社作品选（1988~2012）》，华夏出版社 2012 年版，第 189 页。

春天的黄昏 ①

春天的黄昏
饥饿敲开门
饥饿很胖
诗人很瘦
春天很穷
黄昏很瘦

游过陌生人
粮食很远
街道很硬
异乡很硬

灯光下咀嚼时发现
麦子很少
孤独很多

---

① 选自《那时我们无歌可唱——"345"诗社作品选（1988~2012）》，华夏出版社 2012 年版，第 189-190 页。

葛木垚 *

我的骑士，曾经是我们的骑士 ①

——关于悼念

你说那个叫雪莱的骗子，他的心脏早就烧成了灰
若不是我来看你
现在会跳舞的大抵只剩下坟头的荒草
附和着暴风半死不活弹两下

我记得我的骑士
——那时候曾是我们的骑士，那时候我们骑着长翅膀的骡子
酒肆老板的女儿也还没嫁人
夜里我们衔着劣质烟草听着树声触摸月亮

你喜欢摘下稻草人的帽子扣到我头上
然后哼着花儿变成蝙蝠飞走
而我还偶尔想起那首无名的调子
忘了你背过身剔牙的表情

---

* 葛木垚，笔名芷月斋，中国政法大学 2005 级。

① 选自《那时我们无歌可唱——"345"诗社作品选（1988~2012）》，华夏出版社 2012 年版，第 191~192 页。

我临走的时候你特意宰了一只老龟
我知道你根本不懂占卜，可这毕竟是你唯一的乌龟
我们的骑士相互致敬
稻草人从此再也不戴帽子

夜里我在北方衔着劣质烟草听着树声触摸月亮
直到一天我的骑士提着一颗血淋淋的心脏，"我给淹死了，只剩下这个"
我只好把它塞进草帽递给骑士一杯不加糖的酒，"既然你都死了，咱们两个好好过"
可这从焚尸炉里逃逸的心脏是怎么回事?!

于是我和死过一次的骑士最后一次见到你
发霉的对白甚至比妓女的贞节还短
"你把他埋哪了???!!!""对不起，我还以为这不重要"
我猛然盯着你空荡荡的胸腔发呆

那些我称为英雄的人 ①

第一位英雄

买不起镜子的红衣主教
用自己
看不见的眼睛，俯视
愚人和蚂蚁。

而你，
剖开头颅，捧出
滚烫又血淋淋的脑浆，去怀疑
是否有上帝。

第二位英雄

在疯人院诞生
同胞们唤你疯子
你的部族崇拜一位无头长老的智慧
千百年来吃人为生

所有人都劝你放弃素食，

背叛是邪恶
他们舔着血盼你皈依永恒的善
你轻轻点头，然后
把自己吃掉

第三位英雄

在没有骨头的年代
狗居住在食物链的最底层
他们卑微地活着，卑微地死去
你痛恨自己是一只狮子

于是，狗被你领去没有狮子的乐土
遍地生长着骨头
他们感激的眼睛噙着唾液
推选你成为第一顿晚餐

那些我称为英雄的人
都死了

---

① 选自《那时我们无歌可唱——"345"诗社作品选（1988～2012）》，华夏出版社 2012 年版，第 192-193 页。

周训松 *

手　稿 ①

我是一本破旧的手稿
躺在乡间泥泞的小路上
无人阅读
大雨拍打着我
令我血肉模糊
我不断下沉
最终融入泥土

多少个黄昏，晚归的牧人坐在窗台上，为他的女儿读诗
而他活泼可爱的女儿则静静地弹着钢琴应和
月光在她的指尖静静流淌
直到我作为她唯一的嫁妆随她离开这里
　　以后，又传给她的儿媳与孙媳

很久以来，都没有人告诉我，是哪个白痴诗人
疯疯癫癫、天马行空、胡思乱想、情窦初开、杞人忧天地做了个
白日梦

---

* 周训松，笔名九月，中国政法大学 2006 级。
① 选自中国政法大学 345 诗社未刊稿。

就生出了我这样奇丽瑰美、无拘无束、无法无天、无法描述、无可
印证的文字

但我依旧感到无比的骄傲与喜悦

今天，天空斑驳凌乱
却没有人收拾
我愉快的舒张开双臂
享受大地永恒而厚重的温存与沉默
多年后，这里会长出漫山遍野的郁金香
就像多年前，有一个寂寞的英雄落马于此，沉舟于斯

聪明的，你告诉我
这世上还有什么更好的归宿

夏剑英 *

诗人与诗社 ①

——左手的歌

饮尽最后一口酒
狠狠地把酒瓶摔向墙角
闪亮而锋锐的碎片如火星般迸射
失落的诗人们
今夜，我们就要爆发！

挺起你那因悲伤而弯曲的脊背
将面前这张桌子掀翻
任其腐成一堆朽木
抑郁的诗人们
今夜，我们不要谈判！

你我只需要一个眼神
只需要一个眼神！
你的拳头深深的插入他的胸膛

---

* 夏剑英，中国政法大学 2006 级。

① 选自《那时我们无歌可唱——"345" 诗社作品选（1988~2012）》，华夏出版社 2012 年版，第 200-201 页。

让我来将这渎神者的头颅劈下！
囹圄中的诗人们
今夜，我们将重掌自由！

没有鲜血的暴动不会令人兴奋
就让这里溅满这美丽的颜色！
渎神者的污血在地板上横流
你我把自己的右手浸在这一片血泊中
高声笑着
用左手握紧弯刀，将它砍下！
这罪恶的右手
曾握过尖刀
曾染满鲜血
曾在渎神者的压迫下亵渎过世上最美好的诗！
而今夜，它摆脱了手臂
痉挛着流尽那恶毒的血，以至苍白
让我们一起庆祝它这悲壮的自我毁灭！
伟大的解脱！

鲜血怎能不与烈火同行？
就让我们成就这一对仙配！
诗人们，我终于看到你们死去的心又重新开始跳动
就让我们再一次深呼吸
这迷人的血腥味
举起左手中的火把，将这污浊之地
烧尽！
烧尽！

烈火熊熊燃起
这座罪恶的魔窟

在这片热情的火海中痛苦的呻吟
鲜血化成的黑烟
在凄冷的夜风中扭动着它的身体
而我们
欣赏这种痛苦
重生的诗人们
就让我们围起这团篝火
唱起最美的赞歌！
而明日
明日后的明日
我们将用残存的左手
抓紧棕黄的马鬃
跃上这神赐的骏马
去
浪迹天涯！
浪迹天涯！

张新宇 *

秋日的红颜 ①

蓝色的秋天的女子
月亮一样靠在马车上

忧郁的秋天的女子
编织清晨的露水和梦

编织露水的梳妆的女子
梳理一生的蓝色的女子
下一秒骤然疼痛的
闪光的河流

而我正蘸着
黑夜里愈益冰凉的星光写诗

古老的惩罚从天而降
我投入语言的深井

晚潮由我的体内涌出
那是一片你永远都不能承受的
羽毛

不爱我的秋天的女子
编织蓝色的露水和梦

不爱我的蓝色的女子
月亮一样靠在马车上

＊ 张新宇，笔名星辰，中国政法大学 2007 级。

① 选自《那时我们无歌可唱——"345"诗社作品选（1988～2012）》，华夏出版社 2012 年版，第 205-206 页。

十匹狮子以及其他 ①

——祭奠某些青春

当雪山溢出云端的时候
你是否听说过
十匹狮子

当月亮划过树梢的时候
你是否看到过
十匹狮子

（然而没有月亮）

它们骄傲又放纵
虚伪又美丽
跺一跺脚掌
天上就会滚开
隆隆的春雷

（然而没有月亮）

有一天它们饮下牧羊人的苦酒
那时它们踌躇满志，充满幸福
异想天开，背道而驰
遥远的夜空下它们低低地怒吼
沿着牧羊人的歌声

---

① 选自中国政法大学 345 诗社未刊稿。

十匹狮子
走向梦中的月亮

（然而没有月亮）

他们说大火灿烂地烧起
他们说
月亮的山顶埋葬
十匹狮子的　头颅
十匹狮子的
爱情

十匹狮子在月亮的山峰上
痛哭失声

（然而……
然而每一个夜晚
都
没有月亮）

在没有月亮的日子里
我会轻轻地告诉你
一个关于十匹狮子的
谎言
一个关于十匹狮子的
梦

"当雪山溢出云端的时候，
你是否听说过
十匹狮子？"

在没有月亮的日子里
盲眼的孩子看见
十匹狮子
在天空上行走

吴俊杰 *

一个人坐在树上 ①

这是一间大屋子
头上是高高的屋顶
前面是墙壁
后面是窗户
左边是窗户
右边是窗户
闭上眼睛
仙女的光环在黑夜中交错奔来
这一刻
有多少生又有多少死
旷野响起女人失去婴儿的哭声
它们从地平线滚滚而来
渐渐逼近我的窗户

* 吴俊杰，笔名星子、小树仙，中国政法大学 2007 级。
① 选自《那时我们无歌可唱——"345"诗社作品选（1988～2012）》，华夏出版社
2012 年版，第 211 页。

风　动 ①

整座松针迎风摆动
鱼在针尖缓缓穿行
新漆的花
滴落　在被稻草久久分割成一瞬的夕光里
蓝色水杯上那些枚鲜红的果实　开始生长
一夜之间
长出我满心的慌乱

飞蛾离它三步远

从黑色山头那边吹来凉的风
整座楼群微微摆动
那一大片细长的绿色的柳树涌过来
生长叶子
张开所有的枝条
但是　坐在树梢让你晕眩了
在岁月不可改变的时间里
你咽下苦的新茶水

遥远的黑色群山整日割裂了天的长长曲曲的山脉线
精灵沿线上小心翼翼走过

①　选自《那时我们无歌可唱——"345"诗社作品选（1988~2012）》，华夏出版社 2012
年版，第 212-213 页。

帅鹏坤 *

远　方 ①

诗人习惯撒谎
雪山并非通体晶莹
一座雪山
三分之二的冰川都是灰色
灰色的基座
白色的上层建筑
真实的逻辑
但摄像机会将雪山腰斩
诗人的脖子习惯伸得太直
诗歌的门槛也于是加高
就像一个美丽的女人
在描述中被剥夺了
出身贫寒的权利

---

* 帅鹏坤，中国政法大学 2007 级。

① 选自《那时我们无歌可唱——"345"诗社作品选（1988～2012）》，华夏出版社 2012 年版，第 221 页。

邹超龄 *

兰陵怀古 ①

春雨席卷而来
你隐在尘埃里的容颜
像晚秋的玉兰，风一吹就散
三开了，于是我看见你
水墨一样的色彩　青松一样的胸怀

撕扯出的雨帘，升腾满山的青烟
星星的野花，月色一样皎洁
总有一条路，在时光的缝隙里
自由地攀岩

这路通向哪里？
我折一枝细柳，信步阑珊
青松苍翠，水墨悠然
你的身影，却已风一样消散

我的脚步，走过曲折的蜿蜒
我的双手，拥着湿润的尘烟
我用素碳②的笔，绘你的容颜
我用曲水流觞，酌一杯清泉

不，不
没有哪样的笔，绘得你的风采
没有哪样的泉，还能曲水流觞
我只是路人一样
在春雨中撑着伞
仰望松竹参天

黄梅时节　春雨如绵
漫山遍野　苍翠青烟
曲水已逝　兰亭故在

＊　邹超龄，中国政法大学 2009 级。

①　选自《那时我们无歌可唱——"345"诗社作品选（1988~2012）》，华夏出版社 2012 年版，第 222-223 页。

②　原文如此。——编者注。

郭维克 *

未　名 ①

床左是窗，床右是蚊香
床上是苇席
一个人躲在上面纳凉

再向外是门
门外又是窗
门窗之后是铁栅栏
困住灵魂与思想

无数哀伤的哭声
奔来，一浪接一浪
用手挥之不去的
夜，雾

冷的水汽和更冷的人
难以逃避的冰冷的世界
呼吸么？
汗又嘲笑似的顺着鼻翼
学着泪般流下
都是咸的，都是透明的
不，有什么相干

困兽之斗，吼声
很远，很近
分不清方向
衣架上的裳，随风飘动
那里有鬼
好像处处都有鬼一样

* 郭维克，中国政法大学 2010 级。
① 选自《那时我们无歌可唱——"345"诗社作品选（1988~2012）》，华夏出版社 2012 年版，第 226~227 页。

陈福浩[*]

无　题

早上的风吹过，吹过我的头顶
我看到太阳升起云层
屋顶上闪着金色的光
我的脚步
没有停留在黑色的石板路上
一道道炽热的想象推着我前进

一朵朵浪花拍击着法镜的光芒
浪潮汹涌同样动人心魄
立于潮头，永不打捞的勇气
面对罪恶的火焰
踱步向前
执法为念，每一双眼睛
都是一柄利剑
每一本红色的法条

都是一段怀着澎湃的岁月
每一寸土地上种下的畅想
都是新中国的慷慨

满怀希冀和梦想
面对世界
当以长歌
身怀正气
男儿何处不可往

或许在将来
遥遥地想起旧日
那年军都山下
今朝更好看

[*] 陈福浩，中国政法大学 2019 级。

吴俊璋 *

古巴国

你说　　　　　　　　　　清亮的水田上的青萍
走啊走啊　　　　　　　　化作大风向我刮来
茫茫水雾模糊了路　　　　牵动我涩涩的衣袂
此时已是授衣的季节
涔涔霜露如期　　　　　　认了认了
再一次谱写了大地的容颜　当盐水神女身披青绸
　　　　　　　　　　　　跌落阳石
你说　　　　　　　　　　那一刻杨柳封锁湖畔
看啊看啊　　　　　　　　巴国就永远在湖上泛梗飘萍
莽莽枫林烧穿了雾
此时已是落秋的热烈　　　变了变了
熊熊火焰按约　　　　　　沧海桑田是游子的宿命
再一次灼伤了山人的双眼　当我自甘放逐
峰回路转　猿啼马驻　　　青黛茌苒
白雾的缺隙中　　　　　　山水不再千娇百媚
飞过来栉比的城镇　　　　与老去的我
和鳞次的乡村　　　　　　相见，俱认不出

---

* 吴俊璋，中国政法大学 2020 级。

宁显福 *

会醒的梦

——致长津湖战役"冰雕连"烈士

风雪呀　似乎更大了
气温呀　似乎更低了
黑夜如此漫长
枪炮声过后的长津湖
阒寂得可怕
一双双点亮了的眼睛
警醒地环伺着山梁
阵地彻骨的寒
身边伏击的战友们
枪把子握得更紧
与大地贴得更近
彼此似乎能听到
对方心跳的声音
夜更深了　雪更大了
战场上的一切
似乎都在睡去

---

* 宁显福，中国政法大学 2018 级博士研究生。

到梦里就回到了家乡

闭上眼就见到了爹娘

睡着了就不再觉寒凉

长眠斯地的战友呀

你站起　就巍峨为一座山

你躺下　便铸就成一道梁

正是你　用七尺的血肉之身

雕刻出共和国胜利的模样

"我爱亲人和祖国

更爱我的荣誉

我是光荣的志愿军战士

冰雪啊！我决不屈服于你

哪怕是冻死，我也要高傲的

耸立在我的阵地上！"

这就是中华英雄儿女

这就是祖国钢铁脊梁

惟愿你　一觉长眠不醒

惟愿你　永续温暖梦乡

到时候　你醒来　就是胜利曙光

到时候　你醒来　那是盛世华章 ①

---

① 　原文为"华堂"，收录时酌改为"华章"。——编者注。

第七部分

七秩辉煌　德法兼修

军都何郁郁，小月自汤汤。

海内栽桃李，云台引栋梁。

——陈勇《寄法大七十周年校庆》

陈　勇[*]

寄法大七十周年校庆 ①

军都何郁郁，小月 ②自汤汤。
海内栽桃李，云台引栋梁。
别离经岁远，清梦几回长。
万里归心在，浮泉曲水觞。

昌平怀旧

经年尘土满缁衣，北望昌平不忍归。
万里曾携青剑去，孤帆偏向楚江飞。
别时岂觉军都远，来日方知池苑违。
犹忆松园赏秋月，新霜如水映清晖。

＊　陈勇，中国政法大学 1989 级，现供职于安徽省司法厅。

①　此二首为作者应建校七十周年征稿而作。
②　作者原稿作"晓月"，根据语义酌改为"小月"。——编者注。

吴金水 *

求学法大 ①

2017 年 9 月 6 日，开学后蓟门桥上作。

蓟门桥上望晴空，凛凛秋色处处同。
厚德明法勤格致，五十华年学雕龙。

蓟门春日 ②

2021 年 5 月 21 日，博士论文答辩后写于蓟门烟树景点前。

蓟草青青何处寻？门内门外树森森。
烟翠十里小满日，树木树人四度春。

---

* 吴金水，男，安徽桐城人，1967 年 8 月生，现任上海市浦东新区人民法院院长。2017 年 9 月入读中国政法大学民商法学博士。

① 此二首为作者应建校七十周年校庆征稿投稿。标题为编者所加。
② 标题为编者所加。

喻和平 *

贺法大七十周年校庆 ①

悠悠法大行，七十正年轻。
年月与国随，百年同党庆。
至训印法鼎，风铃缀长亭。
端升楼宇去，广场见婚姻。
瀚海典籍寻，法渊阁中停。
玉兰军都系，烟柳蓟门情。
厚德立天地，明法卫乾清。
格物道真知，致公为国兴。
习法挥利剑，正心持天平。
桃李散九州，百年更待迎。

---

* 喻和平，中国政法大学 2020 级硕士研究生。
① 作者供稿，收录时标题有改动。

周建波 *

回首法大毕业廿年 ①

1991 级同学毕业 20 周年，在京聚会，随作。

时光荏苒忆当年，汇聚京师法大缘。
信步八方谈律广，纵横四海辨识渊。
厚德虽属己身事，格物当推济世言。
道远能知谁骥重，致公深处剩真贤。

---

* 周建波，中国政法大学 1991 级政治与管理学系行政管理 2 班，现工作在京。
① 作者供稿。

法大母校，一甲子的风情 ①

在某个平凡的节点
你悄然掬我入怀
菁菁四年
悠悠和琴箫
琅琅致黑白
你不烦
我不倦
多年芸芸
蹒跚于打拼
从容于灿烂
你未离
我未散
一路行来的
鲜花与泪水
始终相伴于
顾恋的情怀
而今你的耳顺之年

我却无法不惴惴归来
即便可以重新抱拥
小师妹的清新
与后继同门的风采
仍还怕无法担承
厚德明法的崇高
与格物致公的直白
纵使时光一直在改变
芳草地上轮回的气息
却从未弱化任何
象牙塔内永恒的温暖
所以
这一抹不灭的风情
在你我之间
始终饱含
白玉兰圣洁的凝重
与公平正义的不息诺言

2012.07.27

---

① 作者供稿。本诗系 2012 年为中国政法大学校庆 60 周年而作。

任 浩

树 ①
——为法大校庆 50 周年

树，在冽风中摇曳树叶
晨光中映出萤萤芒光
感受朝阳
平凡的早晨，已然重复五十载
冷风中温暖的阳光
非凡的清晨，
晨光中的五十华诞
人的五十年，从少年到白头
往者斑斓，皆为梦影
树又如何

曾满眼乌云遮蔽不见苍穹光亮
但总相信雨后必有晴天
愿将希望的种子洒向梦中的彩虹

尽管泥泞的路在雨中
五十年流光在安详宁静与世事纷争中
更添坚韧与刚毅
愿用身心拥抱悲与勇敢

而今，那远行的种子
以盛放的姿态归来
环抱萦梦的母亲，衷情诉说
也许明天他们又要远行
在清晨雾光中抽身而去
无一丝拖泥带水

再看
晨风中树舞动着青翠的新枝

---

① 本诗发表于《中国政法大学校报》第 5 期第四版，2002 年 4 月 10 日出版。